»Im richtigen Leben benimmt man sich in Ausnahmezuständen ja nie so, wie man sollte.«

Von außen betrachtet, hat Nancy es weit gebracht: Sie sitzt mit den richtigen Sachen in einer WG mit anerkannten Menschen, die stilvoll lachen und rauchen können. Eine Welt, in der man vorsichtig sein muss, aber nur, was das Image angeht. Bis plötzlich echte Gefahren einbrechen: Liebe – und Gewalt. Und keiner mehr so tun kann, als ob. Eine Liebesgeschichte aus einer Zeit (heute!), wo keiner so recht was mit sich anzufangen weiß, aber unbedingt etwas darstellen will.

Bianca Stücker ist seit 1976 auf der Welt, schreibt die Kolumne ›Ansichten einer Anachronistin‹, hat Nasty-Pop-Electro und Mittelaltermusik veröffentlicht, ein Kirchenmusikexamen abgelegt, als DJane und Hinterhoftätowiererin gearbeitet und lebt in Hamm. ›Schaulaufen für Anfänger‹ ist ihr erster Roman.

Unsere Adresse im Internet: www.fischerverlage.de
www.bianca-stuecker.de

Bianca Stücker

Schaulaufen für Anfänger

Roman

Fischer Taschenbuch Verlag

Originalausgabe
Veröffentlicht im Fischer Taschenbuch Verlag,
einem Unternehmen der S. Fischer Verlag GmbH,
Frankfurt am Main, Februar 2007

Satz: Pinkuin Satz und Datentechnik, Berlin
Druck und Bindung: Clausen & Bosse, Leck
Printed in Germany
ISBN-13: 978-3-596-17294-8
ISBN-10: 3-596-17294-2

ERSTENS.

Ich kann mir kaum vorstellen, wie anders jetzt alles ist. Man denkt sich das doch immer so schön: jemanden zu haben. Aber in Wirklichkeit ist es ziemlich schwer. Jeden Morgen schau ich erst mal, ob er noch atmet, wenn er da ist. Und wenn er nicht da ist, so wie jetzt, dann hoffe ich so sehr, dass er zurückkommt. Es könnte schließlich alles Mögliche passieren. Ein eigener Mensch, das ist so eine Sache, weil er so wertvoll ist und so besonders und überhaupt durch gar nichts zu ersetzen. Vielleicht wollen wir zusammenziehen, wenn er wieder da ist. Eigentlich ist das fest abgemacht, aber man weiß ja nie.

In der WG wohne ich praktisch nur aus Versehen. Weil mein Freund, der nicht mehr mein Freund ist, Jeremiah dazu überredet hat. Sie haben wohl gedacht, ich könnte so eine Art Schneewittchen für sie spielen, das ihnen den Haushalt macht und so. Außerdem hat Jeremiah mir mal wörtlich gesagt, er fände mich scharf. Aber das war später.

Ich weiß sogar, woran das lag, nämlich an Patrice.
Als Patrice mich haben wollte, fühlte ich mich geehrt. Ich meine, das ist doch eine Ehre, wenn sich einer, der immer überall dazugehört und grundsätzlich bewundert wird, in dich verliebt? Das wertet auf, keine Frage. Und als dann für ihn das Jahr in Neuseeland anstand, da tat ich ihm wohl Leid. Dabei fand ich es eigentlich gar nicht so schlimm, allein in der Wohnung. Ich glaube inzwischen, dass das sowieso alles eine blöde Ausrede war. Wenn er wirklich nur vorübergehend weg wollte: warum hätte er mich dann in die WG abschieben sollen.
Er hat uns beide überredet, Jerry und mich. Warum oder weshalb: das wurde mir erst sehr viel später richtig klar. Es gibt da ein paar Indizien, auf die ich sicher noch zu sprechen komme, weil einem Schweres und Unverdauliches eben länger im Kopf herumgeht, als man das gern hätte.
Aber wenn ich nicht in die WG gezogen wäre, dann wäre alles anders gekommen, nicht nur das Schlechte, sondern auch das Gute, und wer weiß: vielleicht musste es ja so sein.
Wenn es das gibt, das Schicksal, eines, das mich verfolgt oder erwartet, das kommt ja ganz auf den Standpunkt an – wenn es also ein Schicksal gibt, dann setzt es Marken im Leben, wie diese Plastikfahnen, die Strategen im Film gern in Landkarten pieksen. Die Marken kann man nicht unbedingt mit bloßem Auge erkennen, aber

man kann sie erahnen. Es sei denn, sie sind doch wieder nur Phantasie.
Rückblickend halte ich den ersten und vorerst auch letzten wirklich heißen Tag im vergangenen Juni für so bedeutsam, dass ich, wenn ich was zu sagen hätte, und das habe ich ja im Grunde, dort ein dickes Kreuz in meinen inneren Kalender malen würde, vielleicht ein schwarzes, damit man es richtig sieht, und auch, weil es überhaupt kein schöner Tag war.
Es war der letzte Tag, den ich gemeinsam mit Patrice verbrachte.

»Ich mach jetzt das Handy aus«, erklärte er und drückte die Aus-Taste, »wenn die mich heute nochmal anruft, lauf ich nämlich Amok.«
»Sie ist halt aufgeregt«, vermittelte ich und verscheuchte eine Mücke.
»Tja«, seufzte Patrice, drehte sich auf den Rücken und verschränkte die Arme hinter dem Kopf, »Mütter.«
Er sprach nicht gern über das Bevorstehende. Er sprach lieber über etwas anderes. Ich glaube, er war ziemlich nervös. Es wäre ihm wohl sehr recht gewesen, wenn ich einfach vergessen hätte, dass er morgen für mehr als eine Ewigkeit ans andere Ende der Welt verschwinden würde.
»Morgen um diese Zeit sitzt du im Flugzeug«, sagte ich, obwohl ich mir das eigentlich hatte verkneifen wollen.
Ich war länger als das Handtuch unter mir und spürte

deutlich die warmen, vertrockneten Grashalme an den Waden und zwischen den Zehen. Dabei konnte man nie sicher sein, ob es sich tatsächlich um Grashalme und nicht um Käfer oder Ameisen handelte.

»Hm«, machte Patrice und blinzelte. Er hatte blonde Haare und blonde Wimpern, und wenn er einen Bart trüge, dann wäre der genauso blond.

Mit einem mulmigen Gefühl unter der Haut schaute ich aufs Wasser. Ein ganz leichter Wind kräuselte die schwarzgrüne Oberfläche des Sees, sodass sie aussah wie das nachgemachte Meer in der Augsburger Puppenkiste. In einiger Entfernung schaukelte ein Tretboot voll kichernder Jugendlicher der Anlegestelle entgegen. Hinter uns hörte man Leute laufen. Sie trugen ihre Bikinis und ihre frühe Bräune zur Schau, und auch die viele harte Arbeit im Fitnesscenter, die sie in sich selbst investiert hatten. Wir lagen hier direkt auf dem Präsentierteller.

Ich versuchte mir vorzustellen, was Patrice in Neuseeland alles tun würde. Ich meine: nicht das Außergewöhnliche. Eher das Alltägliche. Es fiel mir schwer.

»Geiles Wetter«, murmelte Patrice mit geschlossenen Augen und grinste.

Ich traute mich nicht, ihn etwas zu fragen.

»So kann mans aushalten«, gähnte er, und ich wunderte mich, dass er sich so fremd verhielt.

Er glänzte von der Sonnencreme, mit der wir uns gegenseitig eingerieben hatten, Lichtschutzfaktor fünfhundert,

was weiß ich. Er wirkte wie einer, der ganz mit sich im Reinen ist. Viele Mädchen schätzen an ihm, dass er sich pflegt, wie sie sagen, und dass er zum Sport geht, um in Form zu bleiben, und dass sie mit ihm über Vitamine und Kalorien sprechen können wie mit ihresgleichen. Wie schafft er das bloß, fragen sie sich: dass er dabei nichts von seiner Männlichkeit einbüßt.
Diese Mädchen haben mich immer beneidet, als ich noch seine Freundin war. Ich wusste das zu schätzen und pflichtete ihnen bei, wenn sie ihn mal wieder lobten.
Ich überlegte mir, dass er gewiss viele Anhängerinnen in Neuseeland haben würde.
»Gehen wir gleich noch was trinken«, schlug er vor und rieb sich träge die Schläfe. Er schwitzte ein bisschen.
»Mir egal«, sagte ich matt.
Über uns grollte ein Flugzeug von A nach B und sprühte weiße Streifen ins ferne, blaue All. Neuseeland, dachte ich.
»Das klingt ja nicht gerade begeistert«, fand Patrice und setzte sich auf.
Ich zuckte die Achseln. Ganz wohl war mir nicht: in meinem gepunkteten Badeanzug. Wenn man hier herumlag, vor aller Augen, dann musste man schon ein bisschen besonders sein, und wenn nicht besonders, dann wenigstens jung und am besten auch schön.
Wenn ich Patrice fragte, ob ich ihm gefiel, dann sagte er meist: Mach dir doch nicht immer so viele Gedanken.

Das war ungerecht, denn er machte sich schließlich selbst solche Gedanken.

»Ach«, relativierte ich.

Die Jugendlichen kreischten vor Freude. Mir kam das komisch vor. Ich war eben eine alte Spaßbremse.

»Sollen wir gleich mal zusammenpacken«, fragte Patrice und beobachtete eine Libelle, die ihm näher kam, als sie vermutlich sollte, »ich will nicht ganz so spät zu Hause sein.«

Das Tretboot wendete umständlich und wagte sich weiter auf den See hinaus. Offenbar hatten die Jugendlichen noch ein bisschen Zeit.

Ich richtete mich auf und zwinkerte, um den aufkommenden Schwindel zu vertreiben. Mein Rücken fühlte sich klebrig an.

»Können wir«, sagte ich.

Am gegenüberliegenden Ufer ragte düster der schüttere Waldrand auf. Da wollten sie vor Jahren eine Ferienanlage aufbauen, aber es ist nicht viel draus geworden. Man hatte die Häuser, die halb zwischen den angekränkelten Bäumen hervorlugten, mieten und herrichten können, ungefähr so wie Gartenhäuser. Gute Idee, vielleicht, doch sie rentierte sich nicht. Probleme traten auf, unter anderem Auseinandersetzungen mit Naturschützern, man hatte das immer wieder in der Zeitung nachlesen können. Jedenfalls standen die meisten Häuser seit einer Ewigkeit leer und wurden wechselweise von Obdachlosen besetzt oder zum

Drogennehmen zweckentfremdet, und einen Exhibitionisten hatte man auch schon aufgegabelt.
Die Kehrseite der Medaille also, von der man sich besser fernhielt.
»Okay«, sagte Patrice gedehnt und klang zufrieden.
Geschäftig rollte er seine Matte zusammen und verstaute unseren Müll in einer Plastiktüte.
Und dann kam das Schlimme. Das heißt: eigentlich hätte es gar nicht schlimm sein müssen, zumindest nicht für mich, denn ich war gar nicht gemeint. Trotzdem fühlte ich mich angesprochen.
»Ich darf nicht vergessen, meine Mutter nochmal anzurufen«, erklärte er ohne aufzusehen, »sonst ist die beleidigt. Die kann echt nachtragend sein, wenn sie will.« Resolut zog er den Reißverschluss seines Rucksacks zu. »Weißt du, was ich so anstrengend finde«, fragte er mich, erwartete aber offenbar keine Antwort, da er direkt fortfuhr, »wenn jemand einfach nicht mal eine Weile allein sein kann. Ich meine – es ist doch nur für ein Jahr.«
Mein Mund war auf einmal ganz trocken, und im Bauch dehnte sich ein Druck aus, der mir zäh die Kehle emporstieg.
»Aber ein Jahr«, gab ich zu bedenken, »ist doch eine ganz schön lange Zeit.«
Patrice musterte mich irritiert.
»Jetzt fang du nicht auch noch an«, verlangte er genervt.

Ich kam mir blöd vor: als wäre ich seine Mutter. Dabei

konnte ich sehr wohl auch mal eine Weile allein sein. Das konnte ich sogar viel besser als manches andere. Aber er sollte doch nicht unbedingt wollen, dass ich das konnte. Schweigend faltete ich mein Handtuch zusammen und wartete darauf, dass das dumme Gefühl oder die schlechte Vorahnung endlich vergehen mochte.

Sie verging aber nicht, sie blieb den ganzen Abend und auch den nächsten Morgen über, und ich empfand sie sogar noch, als ich Patrice zum Bus brachte, der ihn zum Flughafen fahren würde. Und als ich mir wie eine Blöde die Seele aus dem Leib winkte, da hatte er sich schon umgedreht und schaute gar nicht mehr.
Er schaute wohl voraus, Richtung Zukunft.

ZWEITENS.

Patrice flog also im Juni, und ich zog Ende September um, weil vorher das Zimmer noch nicht frei war.
Jeremiah holte mich ab, und ich war aufgeregt. Das passiert mir oft: dass ich erwarte, es kommt was Gutes, nur weil es was Neues ist. Meistens ist das leider Quatsch.
Als Jeremiah mit seinem alten Angeberhonda vorfuhr, stand ich schon auf der Straße mit meinen beiden Koffern und der rotweißen Umhängetasche. Mehr brauchte ich nicht, meinen Schreibtisch und den Kleiderschrank hatten wir schon vorher rübergebracht, und das Bett konnte ich übernehmen. Ein schönes Bett übrigens, richtig alt, schmiedeeisern, weiß lackiert, mit rostigen Stellen überall. Ich glaube, es hat von Anfang an in der Wohnung gestanden. Es ist wahrscheinlich einfach zu schwer, um es mal eben rauszutragen.
Man könnte meinen, ich hätte zu viel ferngesehen: Den langen Pony trug ich schräg, Kajal um die Augen, mein Pulli war so weit ausgeschnitten, dass er mir neckisch

über beide Schultern rutschte, Jeans, darüber einen ziemlich langen Rock mit kleinen Blumen drauf und Turnschuhe. Mein durchschnittsbrauner Zopf saß genau richtig, das heißt wie zufällig. Ich sah aus wie eine, die Videoclips ansagt, bloß älter, nehm ich an.
Jerry schmiss schwungvoll die Tür zu, joggte lässig um den Wagen herum und bückte sich nach meinem Gepäck.
»Hi«, grüßte er beiläufig und grinste, »dann wolln wir mal.«
Normalerweise war er immer nett zu mir. Warum auch nicht. Wir kannten uns, wie man sich eben so kennt, wenn man mit demselben Menschen zu tun hat.
Ich wusste nicht, was ich sagen sollte, also ließ ich ihn machen und stieg ein. Im Auto roch es nach Wunderbaum.
Vernehmlich ließ Jerry den Kofferraum zufallen, kletterte auf den Fahrersitz, zündete sich eine Zigarette an und hielt mir aufmerksam die offene Schachtel unter die Nase.
Ich schüttelte den Kopf. Ich rauche nur ab und zu, in der Öffentlichkeit, wenn es gut aussieht. Und seit Patrice weg ist eigentlich gar nicht mehr.
Jerry hob knapp die Schultern und drehte den Zündschlüssel herum.
Verlegen kaute ich auf meiner Unterlippe, weil ich immer noch nichts zu erzählen hatte. Er gab Gas. Jetzt konnte ich mich wenigstens aufs Fürchten konzentrieren, denn er fuhr, wie er das ausdrückte: sportlich.

»Am Wochenende können wir gleich deinen Einzug feiern«, sagte er.
Er bremste scharf, das Handschuhfach klappte auf und ein Stapel CDs fiel mir auf die Füße.
»Macht nichts«, konstatierte er, als wäre es meine Schuld gewesen. Ich machte mich daran, die durcheinander geratenen Plastikhüllen aufzulesen. »Jedenfalls kommen sowieso ein paar Leute«, nahm er den Faden wieder auf, »das passt doch.«
Er aschte aus dem Fenster und klickerte mit seinem Zungenpiercing. Er war genau der Typ dafür, abgesehen davon, dass heute ja fast jeder so was hat: mit einem tätowierten Stern auf dem linken Unterarm, teuren Schuhen, einem Haarschnitt, der männlich oder jungenhaft aussehen sollte, ich weiß nicht, was von beidem, und ein paar Nietengürteln um die Hüften. Er hatte sehnige, behaarte Arme, und so stellte ich mir auch den Rest vor. Auf dem Handrücken zeichneten sich die Adern ab, er trug zwei silberne Ringe. Einer ist von seiner Freundin, glaube ich.
»Ganz schön krass, mit Neuseeland«, sagte er.
»Ja«, stimmte ich zu. Es gab nicht viel zu reden außer über Patrice, aber selbst das war ein bisschen beklemmend, seit niemand mehr so recht wusste, ob wir noch zusammen waren oder nicht.
Jerry drückte auf Play, und wir hörten etwas Alternatives mit Gitarren. Mir war mulmig zumute, weil mir erst jetzt richtig bewusst wurde, dass ich nicht nur zu Besuch bei

diesen Leuten sein würde, die mit Patrice befreundet waren. Ich würde nicht nach Hause gehen heute Abend.
In der Kurve skippte Jerry pfeifend ein paar Titel weiter, und ich hielt vorsichtshalber die Luft an, als ob mir das was nützen würde.
Jerry ist Webdesigner, also alles und nichts. Er spielt Handball, lieber als Patrice übrigens, man könnte ihn fast als Sportler bezeichnen. Er geht gern auf Partys und wird häufig von Frauen bewundert. Er hat was gegen alles, was Mainstream heißt. Es ist so arg, dass er wirklich darunter leidet, wenn eine Band, die er toll findet, plötzlich in den Charts ist. Er ist ein, zwei Jahre älter als ich, also achtundzwanzig oder neunundzwanzig.
Vielleicht hätte ich mir lieber selbst was suchen sollen, dachte ich. Aber dafür war es jetzt ein bisschen spät. Hauptsächlich aus Höflichkeit und weil mir alles andere peinlich gewesen wäre, blieb ich wo ich war, anstatt an der nächsten Ampel rauszuspringen und mich schleunigst zu verpissen.

Shaoe erwartete uns schon an der Tür.
»Willkommen daheim«, freute er sich, und vollführte eine glamouröse Geste mitsamt einer halben Verbeugung.
»Hallo«, versuchte ich zu strahlen, doch es geriet wohl etwas verkniffen.
 »Endlich mal wieder jemand im Haus, der im Sitzen pinkelt«, lachte Shaoe.

»Wer weiß«, witzelte Jerry.
Ich trat ein und schnupperte. Es roch ungewohnt: Ich war ja den ganzen Sommer über nicht hier gewesen, ohne Patrice. Dünner Rauch hing in der Luft und noch etwas, das typisch ist für Altbauwohnungen. Wir befanden uns hier ziemlich weit oben, und trotzdem war es kühl. Der Holzboden knarrte bei jedem Schritt.
»Ich bestell uns was beim Pizzaservice. Was willst du«, fragte Shaoe und pustete sich ein paar Strähnen aus dem Gesicht. Er hatte versucht, sich vorn die Haare zu blondieren, aber sie waren nur orange geworden. Der Rest stand unordentlich ab, es war nicht ersichtlich, ob toupiert oder einfach so. »Du bist eingeladen«, fügte er hinzu.
»Oh«, machte ich, »das ist ja nett. Ist aber nicht nötig, ich meine –«
Er winkte ab. »Sag einfach, was du haben willst«, forderte er mich auf.
»Egal«, sagte ich eilig, »irgendwas ohne Zwiebeln.«
»Okay«, nickte er und verschwand in der Küche.
In der Küche spielt sich überhaupt alles ab. Ein richtiges Wohnzimmer gibt es nicht, dafür aber eine Art Ramschraum, der kleiner ist als unsere Zimmer, wo sie alles hineinwerfen, was woanders stört. Im Ramschraum steht auch die kleine Tischtennisplatte, die bei Festen stark frequentiert wird.
Jerry rieb sich den Hinterkopf, gähnte und trug die Koffer in mein Zimmer. Ich ging hinterher und knibbelte an der

Haut neben den Fingernägeln. Hier war ich jetzt also zu Hause.

Ich stellte die Tasche ab und setzte mich auf das schöne Bett. Die Abendsonne schien herein, und das Fensterkreuz warf einen karierten Schatten auf den Fußboden. Ich besaß keine Gardinen, die hatte ich in der alten Wohnung zurückgelassen, in der alles nach Vergangenheit aussah. Den Schreibtisch und den hübschen Sperrmüllkleiderschrank hatte ich mal eigenhändig rosa gestrichen. Mittlerweile blätterte die Farbe ab, und einer der beiden ovalen Spiegel, die in die Schranktüren eingelassen waren, hatte einen Sprung.

Hoffentlich hat das nichts zu bedeuten, dachte ich abergläubisch. Die Dinge erinnerten an mich selbst: Sie waren allesamt ein bisschen ramponiert.

Ich betastete vorsichtig das Bettzeug neben meinem Hintern und fühlte mich wie im Film.

»Gleich kommt noch Rosa vorbei«, erklärte Jerry, »wir können dann alle zusammen essen.«

Rosa ist seine Freundin.

Ich nickte.

»Du willst bestimmt erst mal auspacken«, sagte er.

Ich nickte wieder und war erleichtert, dass er ging. Ich traute mich trotzdem nicht, die Tür zuzumachen.

Wenn man aus meinem Fenster schaut, sieht man Dächer und schmalere Straßen mit geflicktem Asphalt und auch ein paar Bäume, die sich schon einigermaßen herbst-

lich gefärbt hatten. Die Fensterscheibe war ein bisschen staubig, was ich irgendwie hübsch fand.
Die Wohnung war schön, die Leute stellten etwas dar, so könnte man es wohl ausdrücken, und ich schiss mir mal wieder vor lauter Bedenken in die Hose. Ich nahm mir vor, mich wirklich anzustrengen, hierher zu passen. Wirklich. Ich wollte niemanden enttäuschen. Außerdem ist man dann letztendlich sowieso nur selbst der Leidtragende.

»Und, hast du dir das auch gut überlegt«, fragte Rosa, »so als Quotenfrau in der Männer-WG?«
Sie zog erwartungsvoll die Brauen hoch.
Ich säbelte unentschlossen an meiner Mozzarellapizza herum, um Zeit zu schinden. Ich hätte gern etwas Schlagfertiges geantwortet, aber die Frage war so bescheuert, dass mir natürlich nichts einfiel.
»Das macht mir nichts aus«, erwiderte ich schließlich kauend, »weißt du: jahrelang selbst Mann gewesen.«
Okay, der Witz war nicht der Bringer, aber sie guckte noch nicht mal freundlich. Ich dachte schon: das war also das erste Fettnäpfchen, da fing Shaoe Gott sei Dank an zu lachen. Jerry grinste auch. Rosa runzelte die Stirn und verzog nachträglich das Gesicht zu einer Art mitleidigem Lächeln.
Sie ist groß, blond und hat Publizistik studiert, allerdings nicht ganz bis zu Ende. Jetzt unterrichtet sie Yoga und Aerobic und gibt verschiedene moderne Kurse gegen Pro-

blemzonen. Ich konnte sie mir genau vorstellen, wie sie auf der Stelle hopst und dabei ruft: eins, und, zwei, und, nochmal und so weiter. Bestimmt bläst sie dabei die Backen auf und weiß Anspornsprüche auswendig. Sie spricht viel von bewusstem Atmen und Ganzheitlichkeit, das ist ganz ihr Metier.

Immer wenn ich Jerry und Rosa zusammen sehe, hab ich das Gefühl, dass sie stolz aufeinander sind, weil sie beide einen Haufen Anerkennung bekommen. Darum sind sie allgemein ein bisschen verwöhnt und benehmen sich auch so. Die Verwöhnten halten oft so einiges für selbstverständlich. Und sie machen gerne Eindruck.

Das hat sich bis heute nicht geändert. Doch damals wussten sie noch nicht, was auf sie zukam.

»Ist aber gut geworden, das Resultat«, gluckste Shaoe, »sieht total echt aus.«

Zu Shaoe hatte ich eher einen Draht. Ich kannte ihn fast gar nicht, weil Patrice mehr mit Jeremiah zusammen unternommen hatte. Shaoe war einfach nur sein Mitbewohner.

Zuerst dachte ich, er tut nur, was ihm Spaß macht. Dass er auch einen ziemlichen Dachschaden hat, genau wie alle, kriegte ich erst mit der Zeit raus. Dabei hätte ich mir das eigentlich denken können: schon allein der Name.

»Da kann man heutzutage ja einiges machen«, setzte ich noch eins obendrauf.

Shaoe ist ein koreanisches Adoptivkind mit reichen

Eltern, die immer alles bezahlen, deshalb studiert er auch dauernd was anderes. Er ist vierundzwanzig, sowieso das Nesthäkchen, aber er sieht jünger aus, das tun asiatische Jungs ja oft. Den Namen hat er sich wahrscheinlich selber ausgedacht. Oder aus irgendeinem Manga geklaut, keine Ahnung. Ich glaube, es ist sogar ein Mädchenname. Sein richtiger Name ist ihm peinlich, den haben ihm seine Adoptiveltern gegeben, und die sind eben nicht so hip wie er.

Er ist aber gar nicht so unsympathisch, wie man meinen könnte. Wirklich nicht.

»Machst du eigentlich auch irgendwas an Sport«, wollte Rosa wissen und ich dachte: Das ist ja wie bei der Spanischen Inquisition. Ich war immer noch nicht akklimatisiert, es kam mir so vor, als hätte mir einer feste auf die Birne gehauen, und da säße ich nun, mit Sternchen über dem Kopf.

»Nicht direkt«, informierte ich sie ausweichend.

Leute, die sehr gern Sport machen, erinnern mich immer an die Hochnäsigen in der Schule, die einen beim Basketball oder Völkerball oder Leck-mich-am-Arsch-Ball nicht in die Mannschaft wählen. Ein ganz und gar zeitloses Phänomen: Ich wette, das hat sich kein Stück geändert. Es gibt wenig Erniedrigenderes, als immer die Letzte zu sein, die noch auf der Bank sitzt, und beide Parteien betteln: Kann die nicht zu den andern gehen.

Mir wird schon schlecht, wenn ich nur dran denke.

»Oh«, kam es ratlos aus der Rosa, »und sonst? Was machst du sonst so?«

»Du studierst doch Germanistik, oder nicht«, schlug Jerry vor und mixte sich nebenbei eine Apfelschorle.

»Nein«, widersprach ich, »Geschichte.«

»Auf Lehramt«, fragte Rosa.

Ich schüttelte den Kopf.

»Nee, einfach nur so. Magister«, sagte ich.

»Aha«, bemerkte Rosa neutral.

Aha, da hatte ich also kein richtiges Ziel. Kunst oder Philosophie oder irgendwas Exotisches wäre okay gewesen, da braucht man kein Ziel, da ist die Sache an sich schon interessant und kreativ genug. Rosa hingegen macht immerhin was Praktisches. Und was Gesundes und was mit Sport, und dann sieht sie auch noch gut dabei aus. Das sind natürlich hunderttausend Punkte für sie und keiner für mich.

Meine Handflächen fingen an zu schwitzen.

»Ich hab auch mal Geschichte gemacht«, schaltete sich Shaoe ein, »aber nur zwei Semester. Nebenfach.«

»Du hast fast alles schon mal gemacht«, grinste Jerry schräg.

Shaoe grinste zurück und zuckte die Achseln.

»Stimmt«, bestätigte er.

Rosa stellte die leeren Teller zusammen und nahm sich ein Blue.

Ich schwitzte immer noch, und zwar inzwischen überall.

Gern hätte ich etwas vorzuweisen gehabt. Ich überlegte, doch außer Patrice fiel mir nichts ein.

Mit Patrice hatte ich mal eine eigene Eventagentur auf die Beine stellen wollen.

Erst ließ es sich ganz gut an, weil Patrice viele Leute kannte, auch wichtige, und weil er eine gewinnende Art besitzt. Außerdem hatten wir gute Ideen, das hatten wir wirklich. Sogar etwas Startkapital, aus verschiedenen Quellen, unter anderem gehörten dazu leider auch meine so genannten Rücklagen, die meine Eltern für mich für schlechte Zeiten angespart hatten. Ich dachte, es wäre toll, wenn ich später erzählen könnte: Und dann hatten wir da diese Eventagentur. Das klang atemberaubend gut, in meinen Ohren. Dass es nicht geklappt hat, lag an mir: Von der ganzen Telefoniererei mit Leuten, die ich von irgendwas überzeugen musste, bekam ich Dauerkopfschmerzen, und wenn wir die Events trotz aller Widrigkeiten, die sich jedes Mal einstellten, denn so ist das eben, wenn man sich gerade selbständig macht, zustande gebracht hatten, dann bekam ich Magenkrämpfe und das zunehmend üblere Gefühl, den ganzen Scheiß auf keinen Fall jemals wiederholen zu können. Ich musste einsehen, dass ich überhaupt nicht verantwortlich sein wollte für irgendwelche Veranstaltungen, weil Veranstaltungen die flüchtigste Sache der Welt sind und dabei trotzdem so nervenaufreibend, dass es man es kaum aushält.

Ich glaube, das war in etwa der Punkt, als mir klar wurde,

dass ich machen konnte, was ich wollte, ich würde einfach nicht so werden wie Patrice, und ihm klar wurde, dass er sich das anders vorgestellt hatte mit mir.
Es schien also ratsam, diese Phase unter den Tisch fallen zu lassen.
Tja. Mein langweiliger Nebenjob in der Bücherei war auch kein Highlight. Ich fand es okay, aber da gab es nicht viel zu erzählen. Alles in allem: keine Referenzen. Jeder Idiot hatte schon im Ausland gearbeitet oder an Castings teilgenommen oder kannte Prominente. Ich nicht.
»Morgen müssen wir mal langsam fürs Wochenende einkaufen«, wechselte Jerry das Thema.
»Unbedingt«, stimmte Shaoe zu und kippelte mit seinem Stuhl, »das nervt, wenn dann doch wieder wer mitten in der Nacht zur Tankstelle fahren muss.«
Shaoe macht auch gern Eindruck. Darin ist er ziemlich gut, ich weiß, dass alle ihn hübsch und gewissermaßen speziell finden. Man ist sich einig, dass er Ausstrahlung hat. Und damit hat er eigentlich schon gewonnen, denn Ausstrahlung ist das A und O, das lernt man überall. Es muss nicht mal positive Ausstrahlung sein, positive Ausstrahlung brauchen nur die Hässlichen und Minderwertigen, damit das Hässliche und Minderwertige nicht so auffällt. Bei Menschen, die so hübsch, gescheit, und, wie ich da ja noch dachte, sorglos sind wie Shaoe, empfiehlt es sich, eher auf das Geheimnisvolle zu setzen. Ich bin mir nicht sicher, ob Shaoe das absichtlich tut. Ich fand ihn einfach ganz nett.

»Ja«, bestätigte Jerry, »das ist ätzend.«
Er stand auf, machte sich am Kühlschrank zu schaffen und stellte noch ein paar Flaschen auf den Tisch. Ich sah ihm dabei zu und fand, dass er einen selbstbewussten Gang hatte. Shaoe schlug die Beine übereinander, friemelte an seinen vielen Armbändern herum und fing an, etwas von Leuten zu erzählen, die ich nicht kannte. Ich hörte trotzdem zu und vergaß fast, dass ich umgezogen war.
»Find ich aber gut, dass Nancy jetzt da ist«, sagte Rosa irgendwann zu niemand Bestimmtem, »dann kommt ihr vielleicht auf weniger Scheiß.«
Sie sah fröhlich in die Runde, und ich zog erleichtert in Erwägung, dass sie gar nicht unbedingt etwas gegen mich haben musste. Wenn man mal ein Außenseiterkind war, dann erwartet man nicht viel.

»Und«, fragte Shaoe, als Jerry und Rosa in Jerrys Zimmer verschwunden waren, »vermisst du Patrice sehr?«
Wir waren beide betrunken, auf dem Tisch brannten ein paar Windlichter und brachten eine Menge Bewegung in die blassgrünen Küchenwände. Ich schob meine Füße auf dem stumpfen Boden hin und her.
»Schon«, log ich. In Wirklichkeit stimmte das allerhöchstens halb. Patrice vermisste ich schon lange nicht mehr. Eher etwas anderes. Oder jemanden.
»Wieso bist du eigentlich nicht in eurer Wohnung geblieben«, fragte Shaoe weiter.

Ich atmete aus, müde und schwer, und betrachtete dabei den Schrank. Original Fünfzigerjahre, mit bunten, runden Griffen. Eine spärlich bewachsene Grünpflanze dämmerte ganz oben in der schattigsten Ecke vor sich hin. Es war gar nicht so schlecht, mit Shaoe zu reden. Das Leben kam mir überhaupt nicht wie mein eigenes Leben vor, sondern wie ein besseres, das man von außen betrachtet: Man hätte jetzt ein Foto machen und es in einem Lifestylemagazin abdrucken können.

»Ich weiß nicht«, begann ich, »ich dachte, so lern ich mal ein paar neue Leute kennen und so. Mal was anderes«, warf ich locker, wie auf einem Spaziergang, ein, »ich fand die Idee an sich gut. Ist doch lustig.«

Ich hatte keine Ahnung, ob Shaoe wusste, dass der Umzug Patrice' Einfall gewesen war, und wollte auch nicht damit hausieren gehen. Ich musste mich bemühen, deutlich zu sprechen, doch ansonsten ging mir der ganze Unsinn beunruhigend leicht von den Lippen.

»Echt«, gähnte Shaoe skeptisch, »ja, versteh ich wohl, öfter mal was Neues.«

Eigentlich konnte ich mir nicht vorstellen, dass man mir so einen Quatsch abnahm.

»Genau«, sagte ich.

Shaoe kratzte sich an der Nase und dachte nach.

»Ich probier ja auch immer gern was Neues aus. Na ja, eigentlich vielleicht sogar eher zu oft«, überlegte er und bekam einen Schluckauf. »Aber im Grunde genommen«,

fuhr er fort, »kann man ja gar nicht genug Lebenserfahrung sammeln. Live fast, die young, oder wie heißt das nochmal.«
Ich versuchte, mir vorzustellen, wie es wäre, er zu sein. Besonders gut ging das nicht.
»Diese ganzen Leute«, begann Shaoe ein neues Thema, wie ich annahm, und erhob dabei wichtig den Zeigefinger, »die dir was von Sicherheit und so erzählen: Die verarschen dich bloß. Leb dein Leben«, riet er und nieste, »und lass dir nichts erzählen.«
Ich war mir nicht sicher, worauf er hinauswollte, doch ich nickte trotzdem begeistert.
»Nee, schon klar«, schwindelte ich, weil es mir gefiel, mich so reden zu hören.
Ich war enorm angeschlagen, aber ich konnte trotzdem noch eine Art Fazit aus der Unterhaltung ziehen: Auch, wenn man sehr unterschiedlich ist, kann man einander gewogen sein. In dem Augenblick erschien mir das sehr weitsichtig und weise.

Mir war komisch, als ich schließlich an meinem ersten Abend in das schöne Bett fiel, alles war fremd, die Geräusche und der Geruch, das ist ja immer so, besonders, wenn man gerade einschläft. Aber: es wird schon gehen, dachte ich, doch, ich glaube, es wird schon gehen.

DRITTENS.

Als ich am nächsten Tag von der Bücherei nach Hause fuhr, wäre ich beinahe an der falschen Haltestelle ausgestiegen. Ich war sogar schon aufgestanden. Ganz kurz versetzte mir das eine Art Stich, so, als hätte ich vergessen, dass gerade jemand gestorben ist. Geniert setzte ich mich wieder, biss die Zähne zusammen und guckte aus dem Fenster.

Und dann konnte ich mich nicht entschließen reinzugehen. Es nieselte, aber kalt war es nicht, und ich befand mich in einer harmloseren Sorte Herbststimmung, die zu ertragen ist, weil es noch warm ist und man sich kaum vorstellen kann, wie das ist: monatelang zu frieren.
Ich trat einen Schritt zurück und schaute an der Mauer entlang nach oben, bis mir schwindlig wurde. Das Haus war grün gestrichen und verziert mit angegrauten Stuckdekorationen. Ganz frisch sah es nicht mehr aus, aber das wäre ja auch viel weniger charmant, zu künstlich. Es ist

modern, dass die Dinge eine Geschichte haben, besonders Häuser, und ich kann mir nicht helfen: Mir gefällt das auch. Man muss ja nicht in allem unvergleichlich sein.
Ich atmete tief durch.
Ist doch vielleicht wirklich nicht das Schlechteste, dachte ich, und mir wurde vorübergehend ganz weihnachtlich zumute. Ich überlegte, ob wir in ein paar Wochen in der Küche sitzen würden und Kakao trinken und Vanillekipferln backen oder so was, ich und Shaoe und Jeremiah und wahrscheinlich Rosa. In der Phantasie kam mir das alles ganz leicht und selbstverständlich vor. Das taten andere Leute doch auch dauernd, oder etwa nicht.
»Das ist schon der richtige Eingang«, sagte eine Frauenstimme, und ich schrak zusammen. Als ich mich umdrehte, erkannte ich Rosa, zusammen mit einer Freundin, wie ich vermutete.
Rosa lächelte, ganz normal und höflich.
»Ach, ich hab nur mal so geguckt«, rechtfertigte ich mich, obwohl ja gar nichts dabei war, sich sein neues Zuhause zu begucken, und lächelte etwas verklemmt zurück. Wenn ich Glück hatte, fiel das Verklemmte nicht weiter auf.
»Das ist Nancy«, erklärte Rosa der Freundin, »und das ist Maria«, erklärte sie mir, »eine Kollegin von mir.«
Wie sich herausstellen sollte, war Maria nicht nur ihre Kollegin, sondern auch ihre beste Freundin. Sie schien sich nicht über mich zu wundern, also war sie offensichtlich bereits in die neuen Verhältnisse eingeweiht.

»Hallo«, nickte Maria sehr freundlich. Sie fuhr sich mit den Fingern durch ihren pechschwarzen, mittelkurzen Stufenschnitt, der sehr schick aussah. Sie sah überhaupt sehr schick aus mit ihrem kurzen, taillierten Ziermäntelchen. Das soll nicht zynisch klingen, ich meine: unter einem Ziermäntelchen kann man sich doch einiges vorstellen. So eine kleine, zierliche Yoga-und-Aerobic-Lehrerin wirkt sicher sehr vorbildlich. Auf mich tat sie das jedenfalls.

Oben begrüßte man sich dann ausgiebig. Da es erst mein zweiter WG-Tag war, staunte ich noch über das gesellige Leben. Ich konnte mich einfach nicht entspannen, schließlich wollte ich es mir nicht mit allen verderben, und ich fürchtete, dass das rasch passieren könnte, wenn ich einen Moment lang unaufmerksam war. Irgendwann würde ich diese Haltung unbedingt ablegen müssen, sonst hätte ich binnen kürzester Zeit chronische Kieferkrämpfe, Magengeschwüre und keine Fingernägel mehr.
Jerry nahm Rosa in Empfang, und Maria smalltalkte sofort routiniert mit Shaoe. Ich fand, dass die zwei ein hübsches Paar abgeben würden, mit ihren dicken, schwarzen Haaren. Soweit ich wusste, hatte Shaoe keine Freundin, was mir nur recht war, weil ich mir sonst wie ein Eindringling unter all den Paaren vorgekommen wäre.
»Hier, ich hab die Hose doch noch gekauft«, sagte Rosa und kramte in ihrer Plastiktüte, »ich dachte erst, sie wär ein bisschen kurz, aber es ging eigentlich doch.«

Mit weit von sich gestreckten Armen präsentierte sie uns, aber hauptsächlich Jerry, eine dunkelblaue Jeans.

»Nee, ist echt nicht zu kurz«, versicherte Maria. Sie lehnte mit verschränkten Armen in der Küchentür. Shaoe schwang sich auf den Tisch und ließ die Beine baumeln.

»Sieht gut aus«, rief er.

»Kann ich dich so überhaupt auf die Straße lassen«, grinste Jerry, »guck mal, wie tief die bestimmt sitzt, da lassen dich die Männer ja gar nicht mehr in Ruhe.« Er gab ihr einen Kuss auf den Mund.

»Jau, gehts noch«, fragte Maria und verdrehte übertrieben die Augen.

»Ach, komm«, konterte Jeremiah, »immerhin braucht sie bei mir kein Kopftuch tragen.«

»Penner«, lachte Rosa und klatschte ihm mit der flachen Hand auf den Hintern.

Ich fragte mich, ob die beiden manchmal ins Sonnenstudio gingen, sie sahen ein bisschen danach aus.

»Ist er nicht«, warf Shaoe ein, »er wohnt ja hier.«

»Höhö«, machte Maria und verzog den Mund.

»Okay, der war lahm«, gab Shaoe zu.

Unentschlossen stand ich im Flur herum, zu meiner Linken die Küche, zu meiner Rechten das Paar mit der Hose, und fühlte mich fehl am Platz.

»Nette Mitbewohner hast du dir da ausgesucht«, sprach Maria mich an.

Ich grinste dankbar.

»Bis jetzt kann ich mich nicht beklagen«, sagte ich.
Das konnte ich ja wirklich nicht. Sie hatten sogar beim Einkaufen einen Badezimmermülleimer angeschafft, während ich arbeiten war. Ich hatte ein schlechtes Gewissen, weil ich beim Einkaufen nicht geholfen habe, aber donnerstags muss ich den ganzen Tag Bücher sortieren, annehmen, ausgeben. Das Übliche. Eigentlich nicht schlimm, nur manchmal ein bisschen anstrengend, wie jede Arbeit. Die Kollegen sind alle schon älter, bis auf ein Mädchen, das gerade ein Praktikum macht. Sie ist neunzehn, trägt eine Brille, für die sie sich schämt, und sieht zu mir auf, weil ich mich gut verstellen kann. Sie denkt, dass ich mich nicht nur anziehe wie eine, die Videoclips ansagt, sondern auch so lebe. Eigentlich kein schlechtes Gefühl, aber vielleicht sollte ich bald mal aus dem Alter raus sein.
»Du kommst doch Samstag auch«, fragte Shaoe. Er meinte Maria.
»Klar«, gab sie zurück.
Ich fürchte, ich mache den Leuten nur was vor. Wenn ich Glück habe, halten sie mich für eine Frau wie Maria oder Rosa: von weitem, sozusagen. Aber ich kann mir nicht vorstellen, dass sich Maria oder Rosa Gedanken darüber machen, was neunzehnjährige Praktikantinnen von ihnen halten. Stichwort Selbstbewusstsein, und das ist genauso wichtig wie Ausstrahlung. Wenn man selbstbewusst genug ist, dann braucht man sich kein Bein auszureißen, um auf andere herabzuschauen. Es ist nicht böse gemeint,

aber ich bin schon froh, dass ich nicht die Praktikantin bin. Lieber hätte ich das nicht nötig, aber es ist eben so.
»Ich beteilige mich aber noch am Einkaufen«, sagte ich schnell zu Shaoe, bevor wieder jemand anders redete.
»Ach«, winkte er ab, »kein Problem.«
»Aber«, wollte ich widersprechen.
»Keine Einwände«, beschloss er.
Ich muss mich bei der nächsten Gelegenheit unbedingt revanchieren, dachte ich.
»Kaffee«, fragte Shaoe an Maria und mich gewandt. Wir nickten.
Maria warf einen flüchtigen Blick auf die Uhr über der Tür.
»Ach, ein paar Minuten kann ich noch bleiben, ich habs ja nicht weit«, sagte sie.
Später erfuhr ich, dass sie in derselben Straße wohnt, und ab und an, wenn es auf dem Weg liegt oder sie mit Rosa unterwegs ist, vorbeischaut.
Ich ging zum Schrank hinüber.
»Sind hier die Tassen drin«, fragte ich. Ich wollte mich nützlich machen.
»Rechts«, antwortete Shaoe, schraubte die Thermosflasche neben sich auf und schnupperte daran. »Ist noch heiß«, befand er.
»Wie viele«, wollte ich wissen und drehte mich um.
Jerry und Rosa standen nicht mehr im Flur. Und Jerrys Zimmertür war zu.

»Hm«, machte Shaoe und rutschte vom Tisch herunter, »die melden sich schon, wenn sie was wollen.«
Ich nahm also drei. Zwei blaue mit weißen Punkten und eine gelbe mit Sprung.
Genauso hatte ich mir das ausgemalt: dass man in WGs dauernd in der Küche sitzt und Kaffee aus Tassen trinkt, die nicht zusammenpassen. Und dass immer jemand kommt und geht.
Als es dann tatsächlich klingelte, musste ich beinahe lachen, verkniff es mir aber, wie hätte ich das erklären sollen.
Shaoe ging aufmachen. Ich saß Maria gegenüber, die ihre Tasse mit beiden Händen festhielt und kleine Wellen in den dampfenden Kaffee pustete. Das war wieder so ein Moment: wo man ein Foto hätte machen können. Ich hatte das Fenster im Rücken, wie gestern. Draußen rauschte der Wind um den Baum vor unserem Haus. Der Baum wurde auch schon langsam gelb. Die Küchenuhr tickte gemächlich vor sich hin, und ich hörte den Summer und Schritte im Treppenhaus. Von dort, wo ich saß, konnte ich in den Flur hineinsehen, fast bis zur Wohnungstür.
»Und, was machst du so«, fragte Maria und verursachte Schlürfgeräusche, »arbeitest du? Oder studierst du noch?«
»Sowohl als auch«, entgegnete ich, »ich arbeite nebenbei. In der Bücherei«, fügte ich hinzu. Schöner wäre natürlich gewesen: beim Fernsehen, oder: in der Werbebranche, aber was nicht ist, ist nicht.

»Mhm«, nickte sie versonnen. Weiter sagte sie nichts, und es schien ihr ganz natürlich vorzukommen, während mir schon wieder der Schweiß ausbrach. Ich meine schnell, eine Art Unterhaltungsprogramm aufführen zu müssen. Das sagt man Frauen ja sowieso nach: dass sie sich immer verantwortlich fühlen.
Shaoe redete etwas im Flur.
»Trinkst dun Kaffee mit«, verstand ich gerade.

Shaoe schlenderte zurück in die Küche und ließ sich auf seinen Platz fallen, die Kette an seinem Gürtel schepperte vernehmlich gegen die Tischkante. Mir fiel jetzt erst auf, dass er den Nagel seines rechten kleinen Fingers schwarz lackiert hatte. Es hatte wohl keinen tieferen Sinn.
»Raffaele«, erklärte er mir und wies auf den Besucher, der sich ruhig einen Stuhl heranzog und zwei, drei Mappen vor sich hinlegte.
Raffaele hatte diesen perfekten Schmollmund, von Natur aus, weil seine Lippen die oberen Schneidezähne frei ließen. Vielleicht würde man bei Mädchen sagen: herzförmig. Jim Morrison hatte auch so einen Mund. Das war das Erste, was ich an Raffaele registrierte. Außerdem war er ziemlich dick. Wonach richtet sich das eigentlich: was man an einem Menschen zuerst bemerkt.
»Nancy«, sagte Shaoe und präsentierte mich wie etwas, das man zum Beispiel in Vitrinen ausstellt. Es war aber lustig gemeint.

Raffaele lächelte mich an, etwas sparsam vielleicht, und ich lächelte zurück, ein bisschen schüchtern, ich weiß auch nicht. So eine Vorstellung ist eben meistens etwas umständlich. Obwohl ich doch das Leutekennenlernen jetzt schon gewöhnt sein müsste. Gestern Rosa, heute Maria. Ich guckte schnell wieder weg, in meine Tasse. Von Milch oder Zucker hielten die hier wohl nicht viel. Ich wollte aber auch nicht fragen, war ja nicht so schlimm.

»Ihr habt euch ja schon mal gesehen«, stellte Shaoe fest und sah Maria an.

»Doch«, sagte sie achselzuckend und machte ein nettes, stilvolles Gesicht.

»Danke«, bedankte sich Shaoe bei Raffaele, langte nach der obersten Mappe, schlug sie auf und ließ die Blätter wie ein Daumenkino an seinen Fingern entlangrattern. Über Eck betrachtet sah mir das ganz nach alten Hausarbeiten aus.

»Musst du mal schaun, ob dir das weiterhilft«, empfahl Raffaele und wischte sich ein paar Locken aus der Stirn. Na ja, Locken waren es nicht direkt. Aber glatt waren seine Haare auch nicht, sondern irgendwas dazwischen. Hellbraune Unlocken: Wo die Abendsonne draufschien, glänzten sie wie Messing. Im Schatten waren sie bestimmt viel dunkler.

Die letzten warmen Tage des Jahres, dachte ich und wurde wieder traurig.

Auf einmal machte sich die Schwere bemerkbar, wie sie

sich nach einer längeren Unternehmung oder Beanspruchung einstellt. Ich hatte eine Menge Bücher hin und her geschoben und war kaum mal eine Minute für mich gewesen. Sonst schließe ich mich manchmal auf dem Klo ein, zum Durchatmen, aber die Urlaubszeit war vorbei, und es gab viel zu tun.

»Bestimmt«, erklärte Shaoe mit Nachdruck, »du hast was gut bei mir.«

»Ich komm drauf zurück«, sagte Raffaele und grinste asymmetrisch. Die Unlocken wellten sich ihm bis in den Nacken. Er klimperte mit seinem Schlüsselbund.

»Ich bin auf dem Sprung«, setzte er mit einem raschen Blick auf die Uhr hinzu. Uhren werden, würde ich sagen, wahrscheinlich häufiger betrachtet als Models. Wenn man drauf achtet, kommt es einem fast zwanghaft vor, wie oft man auf die Uhr guckt.

»Willst du doch keinen Kaffee«, fragte Shaoe.

»Merci«, gab Raffaele zurück, »aber ich muss ehrlich los.«

Er stand auf. Da hätte er sich gar nicht erst hinsetzen müssen, dachte ich. Für einen, der es eilig hatte, wirkte er immer noch ziemlich ruhig. Aber das konnte mir ja auch egal sein.

»Also, bis dann«, sagte er und grinste nochmal einseitig, »man sieht sich.«

Und schon hatte ich nun doch zu ihm aufgeschaut, mitten ins Gesicht, was mir peinlich war, weil es so aussah, als fühlte ich mich angesprochen.

»Bis Samstag«, rief Shaoe und drehte sich zur Tür hin.
»Ich schau mal«, sagte Raffaele ausweichend.
»Tschüs«, sagte Maria.
Ich sagte gar nichts.

VIERTENS.

Wenn man mich damals gefragt hätte, wie es mir geht, ich glaube, ich hätte es nicht zu sagen gewusst. Im Grunde ging es mir überhaupt nicht. Ich war ja viel zu beschäftigt.

Die Umzieherei hatte mich ganz verrückt gemacht. Für andere Leute mochte es etwas Normales sein, und ich hätte mir gewünscht, dass es für mich auch etwas Normales gewesen wäre, aber das war es nicht.

Die ersten Wochen über war ich vor lauter Aufregung und Konzentration abends so müde, dass ich regelmäßig vor elf schlafen ging, was eigentlich nicht meine Art ist.

Ich dachte, ich hätte mich zu bewähren, ohne Patrice.

Ich fühlte wie ununterbrochen auf dem Prüfstand.

Manchmal telefonierten wir, aber nie lang.

»Und, wie läufts so mit den Leuten«, fragte er mich.

»Ach«, erwiderte ich, »ganz gut.«

»Ja dann«, sagte er.

»Und bei dir«, wollte ich wissen.
»Super. Ich mach ja jetzt diesen Tauchlehrgang«, gab er mir knapp Auskunft.
»Toll«, behauptete ich, obwohl ich eigentlich keine Meinung dazu hatte.
»Ja«, bestätigte er, »du, ich muss jetzt Schluss machen. Das wird echt zu teuer.«
Das wurde es jedes Mal ziemlich schnell.

Und drei Tage nach meinem Einzug fand ja auch noch gleich dieses Fest statt.
Ich war seit Monaten auf keiner Party mehr gewesen. Zwar hatte ich mal eine Einladung bekommen, aber ich war nicht hingegangen. Und ein paar andere Bekannte hatten mich wohl schlichtweg vergessen, seit Patrice nicht mehr da war. Nicht absichtlich vergessen, das möchte ich denen gar nicht unterstellen, sondern einfach: aus den Augen, aus dem Sinn. Ich ging ja nicht mehr viel raus.
Ein bisschen wunderte ich mich über mich selbst: dass der Sommer so schnell vergangen war und Patrice mir schon so weit weg erschien wie die Erinnerung an ein früheres Leben.

Am Samstag war ich dann trotzdem wieder ganz offiziell seine Freundin. Ich blieb bei der Geschichte mit dem Ortswechsel aus Spaß, als wäre ich selber mit Jerry und Shaoe befreundet.

Ansonsten war es hauptsächlich anstrengend.
Es gab einen Haufen ziemlich moderner Gäste. Die Studenten erkannte man an den bunten Haaren, im Berufsleben können sie sich das nachher ja nicht mehr erlauben. Obwohl, das kommt natürlich auf den Beruf an.
Zur Begrüßung umarmten sie sich, und einige tranken aus derselben Flasche.
Viele spielten in irgendwelchen Bands oder hatten ein Atelier. Oh Mann.
Erstaunlicherweise kannte ich kaum jemanden, was mich zugleich erschreckte und erleichterte.
Ich tat so lustig, wie sich das gehört, aber trotzdem ging mal wieder alles an mir vorbei.
Es war diese Art Feier, bei der man, von außen betrachtet, gern dabei wäre. Alle hatten sich schön gemacht, ich mich auch, klar, aber es sollte nicht auffallen, dass man sich Mühe gegeben hatte. Dieser Scheiß ändert sich nicht mehr, obschon man das Teenageralter, wo man so was lernt, längst hinter sich gelassen hat. Das heißt, nicht alle: Zwei oder drei Mädchen waren da, die gingen noch zur Schule.
Jerry bewirtschaftet die Internetseite eines Fotografen und reißt gelegentlich willige heranwachsende Damen auf, die sich nicht zu fein sind, ein bisschen was zu zeigen. Er spielt sich gern als einflussreich auf, und als Entdecker junger Schönheiten kann er das super ausleben. An Rosas Stelle würde mir das auf den Sack gehen. Aber wahr-

scheinlich war sie selbst mal eine junge Schönheit und darum macht es ihr nichts aus.
Eigentlich bin ich darauf auch gar nicht neidisch. Es ist bloß so, dass mich mit achtzehn, neunzehn garantiert keiner gefragt hätte, ob ich mich für ein Foto ausziehen will. Obwohl da schon alles viel besser war als vorher, das ja.

Ich grinste den ganzen Abend über so verspannt, dass mir nachher das Gesicht wehtat.
Und irgendwann saßen dann allerhand Personen auf dem schönen Bett und quatschten und knutschten und krümelten herum, was mir sehr unangenehm war.
Meine Mitbewohner wurden stark von ihrem Besuch in Anspruch genommen, wir sagten höchstens, na, alles klar, wenn wir uns aneinander vorbeiquetschten oder gerade über die gleichen Beinpaare stiegen.
Zwischendurch wechselte ich immer mal wieder ein paar Worte mit Maria, ich fand sie nett. Sie stand für Stunden an den Küchenschrank gelehnt und rauchte elegant. Jedes Mal, wenn ich sie sah, sprach sie mit jemand anderem.
Ich fragte mich, ob sie, als Yogalehrerin, auch nur in der Öffentlichkeit rauchte, weil es gut aussah.

 Shaoe traf ich vor dem Klo. Drinnen kotzte jemand, das konnte dauern.

»Eins von den Mädchen«, vermutete Shaoe, »die wissen noch nicht, was sie vertragen. Oder«, spann er weiter, »die finden noch, das gehört dazu, eine Party ohne Kotzen ist keine Party. Kennst du das noch, von früher? Es kam darauf an, dass man spät zu Hause war und es einem am nächsten Tag möglichst schlecht ging.«
Er lachte und unterdrückte dabei halbherzig ein Gähnen. Wenn ich Schuhe mit Absätzen anhätte, wäre ich mindestens so groß wie er, fiel mir auf.
»Stimmt«, sagte ich und ließ mich auf dem Rand der Kommode neben der Badezimmertür nieder, »und wenn man gar nicht wegging oder nicht durfte, dann war man automatisch der letzte Loser.«
An der Wand gegenüber hing ein Spiegel. Ich hatte Ränder unter den Augen und einen Stern im linken Ohr. Ansonsten fand ich, dass ich so, mit offenen Haaren, besser aussah als mit Zopf.
»Gesellschaftlich im Arsch«, stimmte Shaoe zu, »sag mal, Raffaele ist nicht gekommen, oder?« Er schaute mich fragend an, als müsste ich das wissen.
»Keine Ahnung«, sagte ich.
»Eigentlich schade«, fand er, »der ist schon in Ordnung. Ich glaub, wenn ich den nicht kennen gelernt hätte, dann hätt ich das schon sein gelassen, mit dem Studieren.«
»Echt«, fragte ich und wunderte mich. Ich dachte an das viele Geld, die reichen Eltern und so, die vielen Freiheiten, die er deswegen hatte. Das Teenagermädchen würgte

laut und anhaltend. Wir zogen synchron eine angeekelte Grimasse.

»Ich hab jetzt schon tausend Sachen angefangen und nichts fertig gemacht. Wenn das so weitergeht, bin ich mit fünfunddreißig noch dran, und das kanns ja nicht sein. Ich hab wohl alles immer ein bisschen locker genommen«, erzählte Shaoe.

Mir wurde ganz warm, weil ich mich freute, dass wir über etwas sprachen, das über Smalltalk hinausging. Wenn es zu einer richtigen Unterhaltung kommt, mit der ich nicht gerechnet habe, dann werde ich ganz kribbelig, weil das ja etwas Gutes ist, das mit Bedacht gehandhabt werden will.

»Und jetzt nimmst dus nicht mehr so locker«, wollte ich also wissen.

Er verschränkte die Arme vor der Brust. Er kniff nachdenklich seine ohnehin schon schmalen Augen zusammen.

»Ich versuchs durchzuziehn«, erklärte er nach einer Pause, »und da hat Raffaele mir echt ganz schön geholfen. Echt«, wiederholte er.

»Ah«, machte ich, »und der ist schon fertig?« Wie doof, ich wusste nicht einmal, welche Fächer Shaoe aktuell überhaupt hatte. Er nickte.

»Der ist Übersetzer«, sagte er, »ich kenn den aber auch erst, keine Ahnung, drei Monate oder so.«

»Ah«, sagte ich.

»Und du«, fragte er und sah mich an, »bist du nicht auch bald fertig?«
»Ich hab spät angefangen«, behauptete ich ausweichend. Dabei stimmte das gar nicht, ich hatte nur ziemlich geschludert.
Die Badezimmertür ging auf, und ein blasses Gesicht erschien im Türrahmen. Es war tatsächlich eines der Mädchen. Drinnen roch es nicht gut, säuerlich und nach Alkohol.
»Alles okay«, fragte Shaoe.
Das Mädchen wurde rot und schüttelte ihre langen Haare. Man konnte nicht sagen, ob es daran lag, dass sie sich genierte, oder daran, dass der hübsche, exotische Shaoe sie angesprochen hatte, aber es brachte immerhin ihren Kreislauf wieder in Schwung.
Ich ließ Shaoe den Vortritt, schon allein wegen des Gestanks.

Die Nacht zog sich schlimmer als Kaugummi. Gern hätte ich im Bett gelegen und gelesen, statt darauf zu warten, dass die ganze verdammte besoffene, alberne, schöne, hippe Meute aus meinem Zimmer verschwand.
Ich sollte dankbar sein, dachte ich, tatsächlich jedoch war ich kreuzunglücklich. Dabei ging es anderen viel schlechter.
Aber immer musste man sich so viel Mühe geben und nie konnte man einfach mal normal sein. Jedenfalls nicht,

wenn man Freunde haben wollte. Andere schienen wie geschaffen für so was, Partys und so weiter, Geselligkeit, Witze machen, nur ich wieder nicht. Mir fiel das eben nicht in den Schoß.

Ich hasste mein eigenes Gejammer. Das einzig Edle war, dass ich es wenigstens für mich behielt.

FÜNFTENS.

»Leck mich am Arsch«, gähnte Jeremiah und reckte sich, »ich bin so was von beschissen müde.«

Durch das halb offene Fenster kroch dunstige Mittagsluft in die Küche. Es wurde noch einmal warm, lange konnte das nicht mehr so gehen. Der Himmel war ganz weiß, und die Blätter schaukelten so lange träge herum, bis einmal der Bart ab war.

Jerry hatte seine Lederhose an und sonst nichts, und es wuchsen wirklich eine Menge Haare auf seiner Brust, wie ich schon vermutet hatte. Die Haare auf dem Kopf trug er so kurz, dass er bloß mal eben mit dem Handtuch drüberrubbeln musste, nach dem Waschen, und schon waren sie trocken.

Er latschte betont faul hin und her, Tasse holen, Aschenbecher und so weiter, und ließ sich endlich am Tisch nieder, rechts von mir. Ich glaube, die Herumschlurferei, das war eine Show, wie er sie regelmäßig abzieht. Obenrum frei ein bisschen den Luxuskörper spazieren tragen.

Entweder diese Methode kam normalerweise super an, oder die Frauen waren einfach zu höflich, um ihn spüren zu lassen, dass er ihnen nicht gefiel.

Verschlafen und durchdringend zugleich sah er mir ins Gesicht. Braune Augen, aha.

»Na«, begann er heiser, »du bist ja eine richtige Frühaufsteherin.«

Ich legte widerwillig mein Buch zur Seite und schob eine Scheibe Vollkorntoast auf meinem Teller hin und her.

»Na ja«, entgegnete ich wortkarg.

»Du siehst jedenfalls ziemlich frisch aus«, lächelte er. Es war als Kompliment gemeint.

»Danke«, sagte ich.

Er lehnte sich zurück, schnippte sein Feuerzeug an und fing an zu rauchen.

»Aber eine schöne Frau entstellt eben nichts«, machte er weiter, »erst recht keine lange Nacht.« Begleitend räkelte er sich auf seinem Stuhl.

Ich wusste das zu schätzen, ich meine, dass er nett zu mir war, aber mir fiel nicht ein, was ich darauf sagen sollte. Bedankt hatte ich mich ja schon.

»Genau«, grinste ich darum einfach.

Ich durfte gar nicht ans Aufräumen denken. Am liebsten hätte ich Scheuklappen aufgesetzt, um den ganzen Müll nicht sehen zu müssen. Es roch nach abgestandenem Bier und kalt gewordenem Essen. Ich gehöre nicht zu den Leuten, die das mögen. Früher habe ich mich bemüht, wenigs-

tens ein bisschen Freude an Menschen und Drogen und so weiter zu haben, aber das hat nie so richtig geklappt.
Jerry blies bewusst den Rauch durch einen schmalen Spalt zwischen seinen Lippen. Ich glaube, da hielt er mich noch für scheu und nicht für reserviert, obwohl er es eigentlich schon besser hätte wissen können.
Er schien sich nicht für seine Bemerkung zu schämen. Irgendwann in der Nacht, spät jedenfalls, war er mit diesem Spruch um die Ecke gekommen: Weißt du eigentlich, dass du ganz schön scharf aussiehst?
Ich schob es auf den Alkohol und meine Frisur. Männer finden offene Haare besser als zusammengebundene, hab ich mal gelesen. Vielleicht hatte Jerrys Bewunderung aber auch hauptsächlich damit zu tun, dass ich Patrice' Freundin war.
Rosa war nicht dabei gewesen, aber gestritten hatten sie später trotzdem, aus irgendeinem anderen Grund. Es war jedenfalls ernst genug, dass Rosa sich entschieden hatte, nicht bei uns zu übernachten.
Jeremiah hat eine hohe Meinung von sich und findet es angemessen, dass alle ihn für sexy halten. Er wirkte schon irritiert oder sogar gekränkt, als er mir mit seiner Scharffinderei ein bisschen unter die Arme greifen, beziehungsweise auf die Sprünge helfen wollte, und ich einfach nicht darauf ansprang. Es tut mir ja auch Leid, ich hätte ihm den Gefallen gern getan. Aber mir gefällt er nicht, ich kanns ja nicht ändern.

Dabei wäre es sowieso auf nichts hinausgelaufen. Er sucht bloß überall Bestätigung, weil er das so gewohnt ist. Er will bestaunt werden.

»Sollen wir schon mal mit dem Aufräumen anfangen«, wechselte ich das Thema schöne Frauen et cetera.
»Sicher«, seufzte Jerry, »sonst erzählst du nachher noch rum, wir leben hier im Dreck.«
»Das mach ich sowieso«, stieg ich drauf ein.

Jerry, Shaoe und ich putzten und fegten und staubsaugten bis zum Nachmittag, Pausen inbegriffen.
»Mein lieber Schwan«, gab sich Shaoe beeindruckt und stützte die Fäuste in die Seiten, »das nenn ich Disziplin.«
»Normalerweise dauert das immer ein paar Tage«, sagte Jerry.
»Oder Wochen«, ergänzte Shaoe mit erhobenem Zeigefinger.
»Nee«, schwächte Jerry ab, »jetzt mach uns mal nicht schlechter, als wir sind.«
Wir lachten ein bisschen.
»Jedenfalls hast du einen guten Einfluss auf uns«, fand Shaoe.
Ich war sehr froh, dass sie mich doch nicht bloß als Haushälterin verstanden.

»Ich geh dann gleich mal«, sagte ich.
Ich musste dringend mal raus.

»Ach ja«, erinnerte sich Shaoe, »du wolltest ja wen besuchen.«
»Eine Freundin«, gab ich zurück.
Das entsprach überhaupt nicht den Tatsachen, und ich wusste selbst nicht, warum ich nicht die Wahrheit sagte. Es gibt eben manchmal so viel einfachere Erklärungen.
Ich bin sowieso eher vorsichtig, was ich wem erzähle. Man fährt meistens besser damit, bestimmte Dinge für sich zu behalten. Ich bin nicht der Cliquentyp, auch wenn ich es gern wäre. Ich bin ganz gern auch mal allein. Aber wenn man sich darauf ausruht, auf dem Alleinsein, wird man es nachher vielleicht nicht mehr los.
Meine engste Freundin ist leider vor bald einem Jahr nach Schweden gegangen, und der Kontakt wird immer spärlicher. Dabei haben wir uns immer alles sagen können: Das war schon ein Luxus. Aber Patrice mochte sie nicht, und das hat er sie auch spüren lassen. Er wollte sie nicht dabeihaben, während seine Freunde, zum Beispiel Jerry, dauernd zu Besuch kamen oder wir mit ihnen ausgingen.
Patrice hat mal gesagt: Hör mir doch auf mit der, das ist doch die totale Spaßbremse. Er fand, dass wir viel gemeinsam hätten, sie und ich.
Ich weiß jetzt, dass ich damals eine Entscheidung getroffen habe, ohne es zu bemerken: für ihn und gegen sie.
Sie fehlt mir wirklich sehr, aber da kann man wohl nichts machen.

Der Sommer hat den Nachteil, dass man sich ständig verpflichtet fühlt, was zu erleben. Auf der anderen Seite kriegt man natürlich das bessere Wetter, oder zumindest eine größere Chance auf besseres Wetter.
Als ich losmarschierte, schien noch blass und trüb die Sonne zwischen den Häusern hindurch, doch es zog sich allmählich mehr und mehr zu. Kaum war ich in meiner alten Straße angelangt, ein guter Zielpunkt für einen Spaziergang, wie ich fand, da fing es auch schon an zu regnen. Was heißt, schon: Zu Fuß ist das ganz schön weit von der WG entfernt, ich lief also bereits eine Weile umher. Natürlich hatte ich mal wieder keinen Schirm dabei und nichts.
Ich hatte in Ruhe sentimental sein wollen, und ein bisschen Nieselregen hätte mich dabei gar nicht aus dem Konzept gebracht, aber wie die Dinge lagen, war ich innerhalb von fünf Minuten klitschnass.
»Scheiße«, fluchte ich laut, und hätte auf der Stelle in Tränen ausbrechen können. Das Wasser lief mir aus den Haaren in den Nacken, unter den Kragen meiner Jacke, die Wimperntusche klebte mir im Gesicht, und die Hosenbeine blieben schwer an meinen Schenkeln haften. Und ich hatte noch mindestens eine halbe Stunde Weg vor mir.
Ich überlegte, zur nächsten Bushaltestelle zu gehen, aber der Anschluss von hier nach dort war so schlecht, dass es sich eigentlich nicht lohnte.

Einige hundert Meter später war schließlich wirklich alles egal, weil ich dermaßen durchnässt war, dass es schlimmer nicht werden konnte. Höchstens kälter.

Aber das kennt man ja: Man sitzt gerade gemütlich dem Schlimmer-kanns-nicht-werden-Irrtum auf, und schon passierts.
Mittlerweile war ich lange genug unterwegs, dass die Laternen angingen, und es wollte und wollte nicht aufhören zu schütten wie bescheuert. In meinen Schuhen schwappte es bei jedem Schritt, und dann trat ich auch noch in eine Pfütze im Rinnstein.
Eigentlich war das eine ruhige Gegend hier, Zone dreißig, wenig Verkehr. Ich muss zugeben: Ich hatte nicht rechts und nicht links geschaut, sondern war einfach drauflosgerannt, mitten in die Pfütze, wie gesagt, und gehört hatte ich auch nichts, oder nicht drauf geachtet, der Regen verrauschte ohnehin alles.
Im nächsten Augenblick nahm ich ein nervenzerfetzendes Quietschen wahr, ganz nah, das fuhr mir wirklich durch Mark und Bein, und dann lag ich am Boden, direkt im Licht zweier Scheinwerfer. Es ist aber nicht so, dass ich angefahren worden wäre, in Wirklichkeit bin ich in der Pfütze ausgerutscht, doch das war mir in dem Moment nicht so klar. Knapp gewesen war es, das schon.
Ich hockte noch auf dem nassen Asphalt, als mich orange das Warnblinklicht anleuchtete und der Fahrer sich zu

mir hinabbeugte. Mir war schwindlig, das war wohl der Schrecken.
»Alles in Ordnung«, fragte er.

Und dann erkannten wir uns ungefähr gleichzeitig wieder.
»Ich hab dich überhaupt nicht gesehen«, sagte Raffaele, blickte sich ungläubig um und dann wieder mich an.
Etwas umständlich kam ich auf die Beine. Mein Knie tat weh, ansonsten gings.
Raffaele richtete sich zusammen mit mir auf und ließ sich dabei langsam nass regnen.
Ich fühlte mich wacklig.
»Ich hab auch überhaupt nicht geguckt«, erklärte ich und musste mich räuspern, »ich glaub«, fuhr ich fort, »ich glaub, ich bin auch nur ausgerutscht, eigentlich.«
Ich sah, dass die Fahrertür weit aufstand.
»Ist nichts passiert«, versicherte ich und rieb harmlos an meinem Knie herum.
Den Ausdruck auf seinem Gesicht konnte ich nicht deuten. Vielleicht war er skeptisch, warum auch immer.
Mein Herz schlug zu schnell, ich hatte mich noch nicht so richtig wieder gefasst. Es ist ja wirklich nichts passiert, beruhigte ich mich in Gedanken. Es hätte zwar schlimm ausgehen können, aber es ist nochmal gut gegangen.
»Wo wolltest du denn hin, nach Hause«, fragte Raffaele und strich sich die Haare hinters Ohr.
Ich nickte.

»Ich kann dich mitnehmen«, bot er an.
Es machte ganz den Eindruck, als hätte er ein schlechtes Gewissen. Dabei war es doch nicht seine Schuld gewesen, dass ich mit den falschen Schuhen ohne Sinn und Verstand draußen im Regen herumturnte und nicht guckte, wo ich hintrat.
Trotzdem war ich es verdammt Leid, das Wetter und alles.
»Danke, das ist nett«, sagte ich erleichtert.

Drinnen lief keine Musik, nur der Regen schlug hohl auf das Dach.
Da saß ich also in diesem Kombi, der nach Familie-mit-Hund aussah, weichte die Sitze ein und schämte mich.
»Ich mach alles dreckig«, entschuldigte ich mich.
»Ist nicht schlimm«, erwiderte Raffaele sachlich. Er schaute dabei nicht zur Seite, sondern konzentriert auf die Straße. Die Scheibenwischer quietschten. Ich zog die Jacke enger um mich, nur um mich irgendwo festzuhalten.
Die nächste Ampel war rot, und wir mussten halten.
»Das ist wirklich nett«, wiederholte ich, sowohl aus Verlegenheit als auch, weil ich wirklich froh war, nicht mehr laufen zu müssen.
»Das ist schon okay«, sagte er und bedachte mich mit einem sehr kurzen, sehr schiefen Lächeln. Nicht unfreundlich, höchstens vielleicht ein bisschen ungeduldig.
Eventuell bereute er ja, sich Umstände mit mir gemacht zu haben. Mir war wenigstens unwohl genug zumute, um mir

keine allzu großen Sorgen über das lächerliche Schweigen zu machen, das an dieser Stelle zu entstehen drohte.
Ich presste meine Knie gegeneinander und quetschte die Hände dazwischen. Jetzt war mir wirklich kalt.
Raffaele trug nur ein T-Shirt. Na ja, erstens war es vor dem Regen noch beinahe warm gewesen, und zweitens tragen Männer ständig T-Shirts, auch im Winter, zumindest in der Wohnung. Ich kann das nicht verstehen, weil ich immer friere. Viele reiten ja dauernd auf so was rum, verdrehen die Augen und jammern genervt: Männer! Oder: Frauen! Je nachdem. Ich halte davon nicht viel, aber dass Frauen leichter frieren, das ist schon so. Das ist meiner Ansicht nach überhaupt der gravierendste Unterschied zwischen Männern und Frauen.
Raffaele trug also nur ein T-Shirt, und so hatte ich zum zweiten Mal innerhalb einer Woche Gelegenheit, mir jemanden ungestört anzugucken. Das geht beim Autofahren nämlich am allerbesten, weil der Beguckte ja zu tun hat und abgelenkt ist.
Ich konnte mir im verwischten Laternenlicht verstohlen Raffaeles mollige Arme ansehen, die ganz unbehaart schienen. Ich schaue mir gern Arme an, ist das nicht verrückt? Ich weiß nicht.
Seine Haare waren jetzt sehr dunkel, ein paar Strähnen klebten feucht zusammen. Wenn er anfuhr oder bremste
 oder der Straßenbelag uneben war, dann zitterte sein Bauch ein bisschen. Ich wollte nicht hinstarren, musste

aber, es ging nicht anders. Es klingt blöd, aber Raffaele kam mir gewissermaßen anwesender vor als Jerry zum Beispiel, zumindest körperlich. Und das brachte mich durcheinander, weil ich es nicht ignorieren konnte.

An der nächsten Ampel mussten wir schon abbiegen, die Fahrt war schneller herumgegangen, als ich befürchtet hatte.
Raffaele hielt an und sagte immer noch nichts.
Eilig griff ich nach dem Türöffner. Und dann fiel es mir wieder ein.
»Shaoe fand es schade, dass du nicht da warst«, sagte ich, ein bisschen zu schnell, »am Samstag.« Kaum war es heraus, da kam es mir auch schon unpassend formuliert vor. Falls es ihm auch so vorkam, ließ er es sich nicht anmerken.
»Ich konnte nicht«, war die kurz angebundene Erklärung.
»Ach so«, sagte ich beklommen, weil ich wohl besser nicht damit angefangen hätte und weil ich ihn immer noch so schrecklich nicht-zu-übersehen fand, »ja, dann, nochmal vielen Dank.«
Ich stieß die Tür auf und rückte schon halb ins Freie, um nicht noch länger fremden Leuten die Zeit zu stehlen.
»Bis dann«, verabschiedete er sich und setzte wieder sein nicht einzusortierendes Grinsen auf.
»Ja, man sieht sich dann ja vielleicht mal«, redete ich beim Aussteigen daher.

»Ja, vielleicht«, sagte er.
Während ich noch vor dem Haus nach meinem Schlüssel kramte, hörte ich ihn schon wegfahren.

»Scheiße, wie siehst du denn aus«, fragte Jerry.
In der Küche fand wieder WG-Leben statt, Rosa war auch da. Alles wirkte sehr normal.
Ich tropfte dunkle Flecken auf den Fußboden, dabei hatte ich die Schuhe draußen gelassen.
»Hier«, rief Shaoe und warf mir ein Trockentuch zu, das über seiner Lehne gehangen hatte.
Ich fing es so gerade auf.
»Ich dachte, ich geh zu Fuß zurück«, erklärte ich und musste niesen.
»Gesundheit«, wünschte Rosa.
»Danke«, erwiderte ich durch die Nase.
Die Lampe über dem Tisch verbreitete heimeliges Schummerlicht, so ungefähr hatte ich mir das vorgestellt, den Herbst hier. Zu allem Überfluss roch es nach frisch gebackenem Kuchen.
»Willst du Kirschkuchen«, fragte Rosa freundlich, »ist noch ganz warm.«
»Oh ja«, sagte ich dankbar, »wer hat den denn gebacken?«
»Ich«, antwortete Shaoe.
»Na ja«, wandte Jerry ein.
 »Rosa hat geholfen«, gestand Shaoe.
»Schon okay«, lachte Rosa.

Für den Moment war ich gerührt: Ich war doch eigentlich bei netten Menschen untergekommen, im Großen und Ganzen.
Shaoe hantierte mit dem Kuchenmesser und klopfte einladend auf den freien Platz.
»Ich glaub, sie muss sich erst mal in Ruhe umziehen, würd ich sagen«, sagte Rosa.
»Guck mal«, meldete sich Jerry und wies mit dem Kinn auf den leeren Stuhl, »der hat eben seine Jacke vergessen.«
»Stimmt«, stellte Shaoe fest.
Auf dem Stuhl lag eine dunkelblaue Kapuzenjacke, aus Sweatshirtstoff.
»Wer«, fragte Rosa.
»Raffaele«, sagte Shaoe.
Ich wunderte mich, es war wie ein innerliches Ziehen.
Aber ich sagte nichts. Was auch.
Das Herfahren hatte also jedenfalls nicht auf dem Weg gelegen.
»Ich zieh mich mal schnell um«, sagte ich eilig und ging in mein Zimmer.
Ich bin übrigens nicht krank geworden danach, falls es jemanden interessiert.

SECHSTENS.

Und eines reichlich kalten Oktobermorgens, mit verfrühten Eisblumen an den dünn verglasten Fenstern, kurz nach dem Frühstück, und kurz vor der Uni, erfuhr ich schließlich, dass Shaoe mit Männern mitging.
»Oh«, sagte ich beeindruckt.
Wir rückten gerade ein paar Sachen im Ramschraum hin und her: eine Siebzigerjahrestehlampe, zwei kaputte Videorecorder, eine Kiste mit Überraschungseifiguren, einen Plastikkürbis mit Gesicht, anderthalb Hockeyschläger und einen dreibeinigen Stuhl. All dies hatten sie zuvor in meinem Zimmer aufbewahrt. Es war schwierig, aber notwendig, hier mal für ein bisschen Ordnung zu sorgen. Ich habe die Theorie, dass sie hauptsächlich deshalb nichts wegschmeißen können, weil sie diesen Bonusraum haben. Sonst ginge es ja irgendwann nicht mehr anders.

»Das ist komisch«, fuhr Shaoe fort, verschränkte die Hände hinter dem Rücken und lehnte sich gegen die Tischtennis-

platte, »manchmal ist es viel leichter, jemandem was zu sagen, den man noch nicht so lange kennt.«
Er sah auf seine Füße und bewegte die Zehen.
»Geht mir auch so«, stimmte ich zu, und das ist wirklich so.
»Und, was denkst du jetzt«, wollte er dringend wissen, nehme ich an, obwohl es nur sehr zögerlich herauskam.
Der Staub kitzelte in meiner Nase und ich musste schniefen, was mich ärgerte, weil es so still war und ich in so einer heiklen Situation.
»Ich weiß nicht«, sagte ich, leise, »ich finds nicht schlimm.«
Ich wusste nicht, ob das richtig war, aber an seiner Stelle hätte ich es nett gefunden, etwas in der Art zuerst zu hören.
Er nickte langsam und machte ein ernstes Gesicht.
Tatsächlich fand ich die Geschichte ausgefallen und irgendwie unerhört, wie eine Sache, die nicht ins richtige Leben passt. Ich fand, dass es etwas gewissermaßen Großartiges war, zu groß für in echt.
»Das weiß sonst keiner«, erklärte er mit angerauter Stimme. Ich hätte nicht mit ihm tauschen mögen, in diesem Augenblick. In jedem anderen, klar, aber nicht in diesem.
»Ich bin diskret«, versicherte ich und versuchte scherzhaft zu grinsen. Es misslang, doch Shaoe schien die gute Absicht anzuerkennen und lächelte vorsichtig.
»Das ist gut«, sagte er, »aber ich wär ja auch selber schuld, sonst.« Er atmete zu tief ein und rieb sich die Oberarme.
»Es musste wohl einfach mal raus.«

Ich fühlte mich wie eine wichtige, vertrauenswürdige Mitwisserin und wollte gern mehr erfahren. Ich räusperte mich.

»Machst du das schon lange«, fragte ich und hielt vor lauter Spannung die Luft an.

Shaoe schaute verblüfft, als hätte er nicht mehr damit gerechnet, dass ich fragen würde. Und dann sah er aus, als wäre er froh.

»Ja«, antwortete er, »ein paar Jahre. Aber erst nicht so, na ja, regelmäßig.«

Er machts nur für das viele Geld, hat er mir später erzählt, dabei ist er gar nicht schwul.

Männer interessieren ihn nicht, aber sie machen ihm auch nichts aus. Beziehungsweise, inzwischen wohl doch.

»Ich will das nicht mehr,«, erklärte er, und es klang widerwillig und nach all der Überwindung, die ihn das Reden kostete, »verstehst du, und darum musste ich auch endlich mal was sagen, glaub ich, ich weiß nämlich nicht –« Er brach ab und wischte sich über die Stirn. »Das ist gar nicht so, wie soll ich das sagen, das ist gar nicht so unproblematisch. Man kennt ja einige – also, einige kennt man dann ja schon eine ganze Zeit.«

Ich konnte es mir vorstellen, ich habe nämlich eine rege Phantasie, weil ich immer so viele Bücher lese.

Shaoe schwieg vor sich hin.

Ich überlegte, wie ich es ihm leichter machen konnte. Viel kam dabei nicht heraus.

»Erzähl ruhig weiter«, versuchte ich ihn, so unaufdringlich wie möglich, zu ermutigen, »das heißt, nur wenn du willst.«
Er lächelte mich wieder an. Seine Wangen waren gerötet, als hätte er etwas Anstrengendes hinter sich.
»Also – einen gibts da«, seine Augen wurden ganz schwarz, »der kommt da nicht drauf klar.«
Ich nickte, weil ich souverän wirken wollte. Wie ein ausgeglichener Mensch, den man gern um sich herum hat. Es heißt doch, dass man nach Gelassenheit streben soll, Ausgeglichenheit, Im-Fluss-sein und so was. Gesammelte Menschen hat man gern, man möchte ihnen zuhören, etwas Persönliches sagen und mit ihnen zusammen sein. Aber ich bin, da kann ich mich bemühen, wie ich will, das genaue Gegenteil. Die meiste Zeit des Tages bin ich damit beschäftigt, meine Einzelteile irgendwie zusammenzuhalten. Ich stehe wirklich nicht mit beiden Beinen auf dem Boden, noch nicht mal mit einem, so kommt es mir vor. Und dabei wäre das gerade jetzt so wichtig gewesen, eine solche Fähigkeit.
»Mit den andern kann ich das so langsam auslaufen lassen«, Shaoe lachte verlegen, und ich lachte aus Höflichkeit mit, »auslaufen klingt ja jetzt irgendwie bescheuert, aber du verstehst schon. Aber der eine – ich weiß nicht, mit dem treff ich mich regelmäßig. Schon lange, und so.«
Er schüttelte den Kopf, als wüsste er nicht weiter.
»Hast du Angst«, fragte ich, und hatte dann doch wieder

Bedenken, dass man Männer so was vielleicht besser nicht fragt, oder jedenfalls nicht sofort.
Er dachte nach.
»Irgendwie schon«, gab er zu und drehte eine orangefarbene Strähne zwischen zwei Fingern, »aber vielleicht ist das auch nur Einbildung.«
»Vielleicht aber auch nicht«, sagte ich, dabei wollte ich gar nicht die Panikmacherein spielen. Was wusste ich schließlich schon von Freiern.
Ein bisschen hilflos hob er die Schultern.
»Keine Ahnung«, sagte er, »oh, Scheiße, wir müssen los.«

Und dann waren wir natürlich sehr beschäftigt mit Sachen einpacken, Jacke anziehen und so weiter, sodass wir das Gespräch vorübergehend abbrachen. Ich drückte mir die Daumen, dass es wirklich nur vorübergehend war. Es gefiel mir sehr gut, eine Vertrauensperson zu sein. Ich wollte mich als der Sache würdig erweisen.

Wir machten uns gemeinsam auf den Weg, mit dem Fahrrad. Shaoe braucht kein Auto. Er gibt das Geld lieber für Quatsch aus, hat er mir erklärt.
Das selber verdiente Geld wird er noch viel leichter los als das seiner Eltern. Sie geben ihm ja so viel, dass er nicht arbeiten muss. Das findet er natürlich super, einerseits, aber andererseits bleibt ihm immer das Gefühl, ihnen etwas schuldig zu sein. Einen guten Abschluss, zum Bei-

spiel, oder überhaupt einen Abschluss. Dabei drängen sie ihn nicht einmal. Da sieht man mal wieder, dass Bilderbucheltern auch keine Garantie für ein schönes Leben sind.
Dienstags mussten wir zu gleichen Zeit an der Uni sein, er zu einem Kurs, ich zu einer Vorlesung, die ich längst sein gelassen hätte, wenn es nicht so schön gewesen wäre, zu zweit zu fahren.
Es war so kalt, dass wir kleine Wolken ausatmeten, und ganz hell war es auch noch nicht. Shaoe strampelte zuerst sehr engagiert los, doch schon bald fielen wir auf ein Tempo zurück, bei dem man sich unterhalten konnte.
»Du erzählst nicht so gerne was von dir, oder«, fragte er und ließ sich neben mir den kopfsteingepflasterten Hang hinunterrollen. Das Geholper blies einem förmlich das Hirn aus dem Schädel, also ehrlich.
»Hm«, antwortete ich vage.
»Ist mir nur so aufgefallen«, sagte er halb entschuldigend, »aber vielleicht kenn ich einfach zu viele extrovertierte Leute.«
Unterwegs schauten ihm die Mädchen nach, und vielleicht die Jungs, ich hoffte aber, dass ein paar von ihnen auch mich meinten.
»Nein«, überwand ich mich, »das stimmt schon. Das liegt an mir. Ich bin eine blöde Kuh«, rutschte es mir heraus und ich ärgerte mich sofort. Shaoe drehte sich erschrocken zu mir um.

»So hab ich das aber nicht gemeint«, rechtfertigte er sich.
»Ich weiß«, sagte ich hastig.
»Das stört mich auch nicht oder so«, beharrte er, »das ist mir echt nur so aufgefallen.« Er grinste mich breit und offen an. »Ich freu mich, dass du bei uns wohnst, ehrlich«, erklärte er. Oh wow, das war doch mal was, und dann auch noch am frühen Morgen.
»Ich freu mich auch, glaub ich«, bestätigte ich, wenn auch mit Einschränkung, und das war viel ehrlicher, als ich mich sonst gab, »es ist nur alles noch ein bisschen komisch – erst geht Patrice weg, dann der Umzug ...«
Ich biss mir auf die Lippe und war mir nicht sicher, ob er verstand, was ich meinte. So jemand wie er. Aber angesichts dessen, was ich heute alles erfahren hatte, konnte es ja gut sein, dass er gar nicht so war, wie ich angenommen hatte. Sondern ganz anders.
»Ja, klar«, nickte er, »also, den Patrice kenn ich jetzt persönlich nicht so gut, eher so vom Sehen und von Partys. Aber ich fand das schon irgendwie komisch – dass er die Idee mit dem Umzug hatte.«
Aha, hatte Jerry, die alte Arschgeige, also getratscht. Beinahe hätte ich Shaoe, an dieser Stelle und ohne erkennbaren Zusammenhang, die Sache mit Raffaele erzählt. Einfach nur so, weil ich im Austausch zu seiner Geschichte nichts zu bieten hatte, und weil es ein Anfang gewesen wäre, ein Anfang in Richtung Aufgeschlossenheit.

Andererseits war es ja auch nicht so wichtig: dass mich sein Bekannter nach Hause gebracht hatte. Also sagte ich lieber nichts.

SIEBTENS.

Ich hab es noch nicht richtig zugegeben bis jetzt, aber dieser Bekannte ging mir ab und an im Kopf herum. Er fiel mir einfach manchmal ein. Einen hübschen Namen trug er da spazieren, aber sonst? Ich hatte ja kaum ein Wort mit ihm gewechselt.

Wenn ich in der Bücherei saß, dann träumte ich mir meistens etwas zurecht. Hauptsächlich ging es darum, dass jemand Besonderes vorbeikam, oder etwas Besonderes passierte. Es kam sogar vor, dass ich regelrecht darauf wartete. Darauf, dass es endlich so weit war. Aber es passierte nie was.
In den ausgedachten Situationen stand ich vorzugsweise sehr gut da, zumindest in meinen Augen. Im richtigen Leben war das Beste leider nur, dass die Praktikantin mir mit einer gewissen Ehrfurcht begegnete.

»Darf ich dich mal was fragen«, so fing es fast immer an. Ich hatte dann Gelegenheit, huldvoll zu lächeln, wie eine wichtige, erfahrene Person, und Großmut zu verströmen, so eine Art Volksnähe. Wie die Königin von was weiß ich, ist ja auch egal, wie eine Königin jedenfalls, die der Menge ein Geschenk damit macht, wenn sie graziös winkt und wohlmeinend dreinschaut.

Diesmal zuckte ich allerdings beinahe zusammen, weil ich mindestens zwei Stunden hinten gewesen war, für mich allein, und Neuanschaffungen sortiert hatte. Danach kam mir der ganze Betrieb vorn wie eine verdammte Disco vor. Zu laut, zu grell, zu voll. Bloß verraucht war es nicht.

Ich blinzelte also verstört ins Neonlicht, so wie morgens, wenn man noch nicht glauben will, dass der Wecker grad geklingelt hat. Von der Ausleihstelle piepste es elektronisch herüber, begleitet von Standardsätzen wie: Einmal Ihre Karte bitte, und in der trockenen Luft hing der Geruch synthetischer Duftstoffe. Die Leute machen sich kein Bild davon, was ihr Parfüm, vermischt mit hundert anderen, für einen Gestank hinterlässt.

Ich würde gleich eine Kollegin ablösen, mir grauste schon davor. Nur noch eine halbe Stunde, redete ich mir gut zu.

»Ich hab gestern nachgeguckt, es gibt die Oberteile noch«, setzte mir die Praktikantin auseinander, »meinst du, das wär okay für dich, wenn ich mir das auch kaufe?« Sie rückte ihre Brille zurecht, wahrscheinlich, weil sie vor Aufregung auf der Nase schwitzte.

Ich hob lässig die Schultern, und das Lässige fiel mir gar nicht schwer. So was brachte ich wirklich nur zustande, wenn ich mit der Praktikantin sprach. Ein Armutszeugnis für mich, schätze ich.

»Nö, wieso«, fragte ich und konnte umgehend beobachten, wie sie sich freute.

»Oh, da bin ich ja froh, dann hol ich mir das nämlich direkt heut Abend noch«, erklärte sie.

Ich hol mir mal eben was an der Bude, dachte ich. Ich-hol-mir-was, wann hatte ich das zum letzten Mal gehört. Ein Relikt aus der Vergangenheit. Wie sie das so sagte, erinnerte sie mich an eine Freundin, die ich in der Grundschule gehabt hatte. Eine, mit der man sich was an der Bude holte. Grundschule, oh Mann, da wusste ich noch nicht, was mir später noch alles blühen würde.

»Ich hab vorsichtshalber schon mal eins zurücklegen lassen«, fügte die Praktikantin hinzu.

Seit einer Weile trug sie immer alles übereinander, und zwar weil sie das bei mir so gesehen hatte. Na ja, es war schmeichelhaft. Trotzdem ist es für manche Dinge einfach irgendwann zu spät. Das ist wieder so ein blöder Witz, den das Leben da auf Lager hat, und wenn man es zu begreifen beginnt, fühlt man sich verarscht.

Mit über fünfundzwanzig ist es einfach zu spät dafür, sich so richtig schön was drauf einzubilden, wenn man jemandes Vorbild ist. Zu spät, um sich dran aufzugeilen, zu spät dafür, dass es einem hilft. Dazu fehlt einem dann nämlich das Publikum, das man schon seit Ewigkeiten kennt und das man damit beeindrucken möchte. Die eigene Klasse, der man es zeigen muss, weil man jahrelang der letzte Arsch für sie war. Oder von mir aus auch die Familie, irgend so was.

Damals, als Außenseitermädchen, hätte ich das so dringend gebraucht. Ich war gut in Deutsch und Englisch und scheiße in Sport, und meine Klamotten, die da noch Anziehsachen hießen, waren immer einen Tick dran vorbei, und ich fiel trotzdem immer wieder drauf rein.
Jedes Mal, wenn ich etwas haben wollte, war ich überzeugt, dass es mich retten würde. Doch wenn ich es bekam, schrumpfte es an mir zu einem peinlichen, verkehrten Lappen zusammen, der vielleicht vor zwei Jahren noch schick gewesen wäre, aber jetzt konnte man damit ja echt nicht mehr auf die Straße gehen.
Tja, so eine war ich, eine, die die Zähne nicht auseinander kriegte, obwohl mir öfter mal was Gutes einfiel, und davon kriegt man psychosomatische Herzrhythmusstörungen, da kann ich ein Lied von singen.
In der achten oder neunten Klasse hörten sie dann so langsam auf zu lachen. Natürlich nicht, weil ich mich urplötzlich weniger lächerlich angestellt hätte, sondern weil sie sich auf andere Leute konzentrierten. Das ergiebigste Opfer war Pfistermann, ein Mädchen, das während ihrer ganzen Schulzeit nicht ein einziges Mal ihren Vornamen zu hören bekam, außer von den Lehrern. Am liebsten wurde sie von allen Pissemann genannt. Von mir natür-

lich auch, obwohl ich ein schlechtes Gewissen dabei hatte. Aber wenn man einmal da raus ist und ein paar Leute sich dazu herablassen, normal mit einem zu reden, dann würde man so einiges tun, um nicht wieder unterzugehen. So ist das eben, unter Jugendlichen: erbärmlich. Jedenfalls für die, die nicht dazugehören.
Die arme Pfistermann bekam mit vierzehn eine Hormonstörung, sodass ihr gigantische Titten wuchsen und ihre Haare immer fettig aussahen, auch wenn sie sie jeden Morgen wusch, was ihr damals kein Mensch glauben wollte. Zusätzlich war sie ein bisschen zu dick und ein bisschen zu ungelenk und fiel regelmäßig vom Stufenbarren und tat sich weh. Ich kann mir bis heute nicht erklären, warum sie es immer wieder versuchte. Ich persönlich hatte, nachdem das Maß der Demütigung einmal voll war, immer ein Attest. Die Ärztin, die die Atteste ausstellte, hatte absolut keine Ahnung, zumindest nicht von Medizin, aber ich bin ihr für immer und ewig enorm dankbar.

Jedenfalls hätte ich fast nicht einmal mehr davon geträumt, dass sich jemand Angesagtes für mich interessieren könnte, damals.
Aber Patrice war natürlich nicht der Erste, wo kämen wir da hin, wir sind hier ja nicht bei Aschenputtel im Märchenland. Der Erste war der Bruder des beliebtesten Mädchens der Klasse. Das beliebteste Mädchen der

Klasse hatte sich seinerzeit, so mit fünfzehn, glaube ich, meiner angenommen. Warum, weiß ich bis heute nicht. Sie sagte mir, dass ich hübsch sei und mehr aus meinem Typ machen solle. Sie ging mit mir aus. Sie schämte sich nicht für mich und schaffte es schließlich, dass sich beinahe überhaupt niemand mehr für mich schämte. Sie war schrecklich nett zu mir.
Der Bruder sah genauso gut aus wie sie, hatte viele Freunde und viele Interessen, und, was das Wichtigste war: Er ging auf eine andere Schule. So war er über mein bisheriges Elend nicht informiert, und auf einmal war ich die Freundin eines waschechten Stars. Ich war ihm so dankbar, fast noch dankbarer als seiner Schwester und der Atteste-Ärztin zusammen, dass ich, ohne mich auch nur zu zieren, sofort mit ihm schlief.
Aschenputtel war also fürs Erste erlöst, und mindestens bis ihr Patrice sich aus dem Staub machte, wenn nicht sogar länger, kam sie nicht einmal ansatzweise dazu, sich zu fragen, ob sie sich eigentlich noch etwas anderes erhoffte, als allen zu gefallen.

»Nancy«, riss meine Kollegin mich aus der etwas schalen Nachdenkerei, »kommen Sie? Ich mach jetzt Feierabend.« Das finde ich so schön daran, mit älteren Leuten zusammenzuarbeiten: Sie sind immer höflich und sie siezen mich. Das gibt mir so ein beruhigendes Gefühl von Sicherheitsabstand.

»Bin schon da«, rief ich, »ich hatte bloß was im Auge.« Unterstreichend fummelte ich mir im Gesicht herum, damit es so aussah, als hätte ich mir gerade eine Wimper rausgepult.

Der Bekannte mit dem hübschen Namen, dachte ich, der könnte sich doch auch mal was ausleihen.

ACHTENS.

»Wir haben was zu feiern«, verkündete Jerry laut, »ich geb einen aus.«
Zischend entkorkte er die Sektflasche, teure Sorte, glaub ich, aber da kenn ich mich nicht so aus.
Ich lach mich tot, dachte ich, wir haben Montag. Es wurde immer ungemütlicher draußen, und immer früher dunkel, und heute hatte es den ganzen Tag gestürmt. Ich hatte meine Zeit mit idiotischen Erledigungen verschwendet, bekam meine Tage und fühlte mich hässlich. Mir war nun wirklich nicht nach Feiern zumute.
Aber, das hatte ich inzwischen gelernt: Wenn Jerry feiern wollte, dann wollte er feiern, und wenn man eine Ausrede hatte, egal ob es eine gute oder eine schlechte war, dann ließ er sie nicht gelten und spielte beleidigt.
Ich gähnte hinter vorgehaltener Hand und setzte mich folgsam.
»Was feiern wir denn«, erkundigte ich mich.
»Den Kapitalismus«, sagte Shaoe.

»Richtig«, stimmte Jerry zu.

Es war alles in allem ziemlich unspektakulär: Jerry hatte einen guten Auftrag an Land gezogen. Eine einigermaßen anständige Agentur, die Opernsänger und Schauspieler vermittelt, hatte ihn verpflichtet, ihre etwas altbackene Internetpräsenz ein bisschen auf Vordermann zu bringen, wie er das ausdrückte.

»Ja, dann, herzlichen Glückwunsch«, gratulierte ich.

»Danke«, sagte Jerry.

»Feiern wir denn – zu dritt«, fragte ich vorsichtig, hier weiß man nämlich nie. Jeremiah geht ständig auf Partys, und deswegen will auch ständig jemand von ihm eingeladen werden.

»Reicht dir das etwa nicht«, kokettierte er.

»Wo ist denn Rosa«, ignorierte ich den Scheiß.

»Bei Maria«, entgegnete er schlicht.

»Raffaele kommt nachher noch vorbei«, warf Shaoe ein.

Oh, dachte ich, und wusste selber nicht so genau, was ich damit meinte. Ich guckte vorsichtshalber auf die Tischplatte und malte einen festgebackenen Tassenkringel nach. Jerry hob die Schultern und zog ein Mir-egal-Gesicht.

»Von mir aus«, sagte er.

Sekt ist ja eigentlich was für Mädchen und romantische Abende, und deswegen hatte Jerry natürlich auch Bier gekauft, und Wein, des Erwachsenseins und Geldverdienens wegen.

Dafür wurde wenigstens nicht gekifft.
Ich hatte überhaupt keine Lust auf besoffene Sprüche und so, aber darauf würde es wohl hinauslaufen. Da musste man durch. Es galt, sich möglichst wenig anmerken zu lassen. Das gehört ja auch zu den Dingen, die man in der Schule lernt. Ich bin trotzdem empfindlich geblieben, bei mir braucht man bloß an der Oberfläche zu kratzen, und schon bin ich im Arsch. Aber an eine Existenz im Arsch gewöhnt man sich, da macht mir keiner was vor.

Als es an der Tür läutete, fuhr ich reflexartig zusammen. Herrgott nochmal, fluchte ich altmodisch, wie eine Omma, und nur im Kopf, versteht sich, hier klingelt es ständig, kein Grund, sich ins Hemd zu machen.
»Ich geh schon«, bot Shaoe an, »dann musst du deinen vergoldeten Steiß nicht bemühn.«
Er grinste Jerry an.
»Das ist vernünftig«, grinste Jerry zurück.
»Hast du irgendwas mit deinen Haaren anders gemacht«, fragte er, nachdem Shaoe im Flur verschwunden war.
Ich fuhr mir durch den Pony, das macht man ja automatisch. Als ob man sich vergewissern müsste, dass der angesprochene Gegenstand überhaupt an seinem Platz ist.
»Eigentlich nicht«, sagte ich. Ich hatte sie wieder offen, die Haare, das war es wohl.
»Sieht gut aus«, befand er in anerkennendem Ton.
»Danke«, sagte ich. Komisch, bei Jerry hat man immer das

Gefühl, sich für irgendetwas bedanken zu müssen. Aber nicht, weil einem danach ist, sondern weil er es erwartet. Er hält viel von seinen Komplimenten und lässt die Adressaten gern wissen, dass er ein kritischer Mensch mit gutem Geschmack ist und man sich gefälligst glücklich zu schätzen hat, wenn man ihm gefällt. Einige fallen drauf rein. Andere wiederum, solche wie ich zum Beispiel, nicht direkt, aber das ändert auch nichts, weil wir so tun als ob. Wir wollen ihn nicht enttäuschen, das heißt: Eigentlich wollen wir hauptsächlich uns selbst nicht enttäuschen. Wir kriechen jedem Penner in den Hintern, weil wir so leicht zu beeindrucken sind. Von der allgemeinen Popularität und so. Die Gefallsüchtigen müssen sich ebenso einiges gefallen lassen.

Irgendwas stimmte nicht, ich ging mir momentan noch mehr auf den Sack als normalerweise.

Jerry zündete sich eine Zigarette an und hängte den Ellbogen über die Lehne. Die Lider ließ er leger auf halb acht sacken.

Und dann sah ich auch, warum: Das Gepose war nicht nur für mich bestimmt, sondern außerdem für das Mädchen, das Shaoe zu uns hereinführte. Ich war ernüchtert.

Vielleicht kommt er nicht, dachte ich.

»Hallo«, sagte das Mädchen, das bei der Party gekotzt hatte, und schüttelte sich scheu den Haarvorhang aus den Augen. An den langen, rötlichen Haaren erkannte man sie leicht wieder, aber diesmal hatte sie mehr Farbe im

Gesicht. Sehr viel mehr, sie war wohl ein bisschen aufgeregt.

»Hi«, grüßte Jerry und vollführte ein, zwei wohldosierte, winzig kleine Gesten, die den Rauch luftig über seinen Fingern aufsteigen ließen.

»Ich war grad ganz in der Nähe, und da dacht ich – ich dachte: Ich klingel einfach mal an. Um mal so zu hören, ob sich schon was ergeben hat. Du hast ja gesagt«, sie richtete jetzt ihre ganze Aufmerksamkeit auf Jeremiahs kunstvoll hindrapierte Person, »dass ich ruhig mal fragen könnte.«

Er strich nachdenklich mit der Handfläche über seine raspelkurzen Spitzen.

»Tja«, begann er gedehnt, »doch, ich denk schon, dass du gute Chancen hast.«

Wie seriös er auf einmal klingen konnte! Lieber Himmel, dachte ich. Ich war ein bisschen neidisch auf das Mädchen, auf ihren schmalen Körper und das feine, weiche Feenhaar, das ihr bis zur Taille ging, und auf der anderen Seite tat sie mir Leid. Sie wusste es noch nicht besser, aber wenn sie sich tatsächlich auszog, für diesen Fotografen, dann würde sie das vermutlich irgendwann bereuen. Sie sah nicht aus wie jemand, der mit vierzig noch stolz drauf ist, auf solche Fotos. Dafür musste man einfach der Typ sein, und das war sie nicht, fand ich. Sie sah nicht dumm aus, aber auch nicht besonders gefestigt. Gescheit und jung und nicht gefestigt, das war eine gefährliche Mischung.

»Schön, mit den Kerzen«, freute sie sich und meinte die Windlichter, die auf dem Tisch vor sich hin glommen.
»Du kannst dich ruhig setzen«, empfahl Jerry.
»Setz dich doch«, sagte Shaoe gleichzeitig.
Alle lachten ein freundliches Smalltalk-Lachen.
Ich saß diesmal anders, nicht mit dem Rücken zum Fenster, sondern mit dem schönen Schrank zu meiner Linken und der Tür rechts. Das Mädchen setzte sich mir gegenüber, auf den freien Platz, und das entrüstete mich, natürlich im Geheimen, weil doch Raffaele dort hätte sitzen sollen.
Wir redeten, und ich erfuhr, dass das Mädchen Ellen hieß.
»Weißt du, an wen du mich erinnerst«, fragte Ellen mich.
Sie wurde immer forscher, trank, rauchte, und nahm wie ein Schwamm alles um sich herum auf, was ihr imponierte, bis sie ein Teil davon wurde, ein Teil dieser elitären Untergrund-WG, und man sah ihr an, dass ihr wieder eingefallen war, wie hübsch sie gewiss oft gefunden wurde. Es musste alles ein Heidenspaß für sie sein, der ganze Abend. Vielleicht bedeutsamer als die Party, weil sie da nur eine von vielen gewesen war.
»Ja«, entgegnete ich, »weiß ich.«
»An die eine aus dem Fernsehen, mit braunen Haaren, so bis hier«, sie tippte mit den Fingern auf ihre Schultern.
Das bekomme ich immer mal wieder zu hören. Und
 warum auch nicht? Leute aus dem Fernsehen sind immer wichtig und schön und glamourös. Wenn etwas Wirk-

lichkeit werden soll, dann muss man es nur im Fernsehen behaupten. Das ist besser als Esoterik. Und wenn man da reinpasst, zumindest optisch, dann ist das schon mal ein guter Erfolg. Ellen würde auch gut reinpassen, das ist meine Meinung, weil sie so hübsch und so jung ist und sich was traut. Nämlich einfach bei uns reinzuschneien, weil es das war, was sie wollte. Dazugehören, wie alle. Dieses Anpassungsfähige, Unbedarfte, dachte ich, das kommt einem doch irgendwann abhanden. Erstaunlich: Ich war schon vor zehn Jahren ziemlich verklemmt und verpeilt, aber diese gewisse Portion Mut, das Unbefangene, das die Jugend mit sich bringt, das muss ich doch auch gehabt haben, irgendwo. Vielleicht wäre es ja noch da, wenn ich es nicht erfolgreich im Keim erstickt hätte. Ich bin doch eigentlich noch nicht alt.
Aber richtig glauben tat ich mir das nicht.
Was ist denn bloß los mit mir, verdammt, fragte ich mich frustriert.
»Ich weiß deinen Namen gar nicht«, sagte Ellen.
»Nancy«, antwortete ich wahrheitsgemäß.
»Oh«, entschuldigte sich Shaoe, »ich dachte, ihr habt euch schon mal unterhalten.«

Und dann kam er schließlich doch noch.
Das kennt man ja: Wenn man jemanden länger nicht oder überhaupt erst selten gesehen, dafür aber umso öfter über ihn nachgedacht hat, dann hat man sich seine eigene Ver-

sion vom Erscheinungsbild dieses Menschen zurechtphantasiert, und das Original ist einem zunächst einmal fremd. Genauso ging es mir mit Raffaele.
Ich war also zugleich enttäuscht und positiv überrascht. Die Haare waren etwas kürzer, im Küchenlampenlicht auch ein bisschen heller, als ich sie im Kopf abgespeichert hatte, sein Mund war immer noch ziemlich besonders, so wie vorher, und insgesamt war er wirklich ziemlich dick. Ich wagte nicht, richtig hinzugucken, als er schließlich in der Tür stand.

Es gab eine kleine Stühlerückerei, bis endlich alle einen eigenen Sitz unterm Hintern hatten. Mittlerweile sah es beinahe nach einer echten Feier aus, in beschränktem Rahmen.
Mir war es mehr als genug, meine Hände und Füße schwitzten, mein Gesicht fühlte sich heiß an, und ich kriegte fast die Scheißerei vor lauter Aufgewühltheit. Ich hatte ja kaum Hallo sagen können. Es war zum Verrücktwerden.
Die Teelichter flackerten in ihren durchsichtigen Gläsern, das kam vom vielen Atmen und trägen Lachen. Jerry war schon immer der König dieser Disziplin, er hat das Coolsein mit Löffeln gefressen. Wenn er so ist, könnte ich ihn wegsprengen. Bumm, und Ruhe. Es ist sein Balztanz, manchmal führt er ihn für mich auf, ein bisschen abgeschwächt, vielleicht aus reiner Routine, vielleicht weil er

mit jeder Frau gern flirtet, vielleicht auch, weil er mit mir gern flirtet.
»Sven wollte demnächst eine ganze Reihe mit Rothaarigen machen«, erklärte er, die Ruhe selbst, und stützte die Unterarme auf den Tisch.
»Und«, fragte Ellen, »bin ich wohl rothaarig genug?«
Sie setzte ein Grinsen dazu auf, das sie garantiert frech nennen würde, darauf wette ich: ein freches Grinsen. Gute Mädchen kommen in den Himmel, böse überallhin und so weiter.
Jerry deutete ein nachlässiges Achselzucken an.
»Gut möglich«, sagte er.
»Vielleicht sollte ich mich auch mal bewerben«, schlug Shaoe mit lustig verstellter Stimme vor und schielte seine schlecht blondierten Ponyfransen an. Ich fand, dass er wirklich aussah wie jemand, den man gern fotografieren würde. Auf diese hübschen Jungs, solche wie er, mit seinem asiatischen Gesicht und seinen asiatischen Gliedmaßen und dem ganz normalen, schwarzen Pulli, der ihm so gut stand, und den schwarzbemalten Nägeln, diesmal waren es zwei an jeder Hand, der Ringfinger und der Daumen, auf solche Jungs war ich neidisch, genauso wie auf Mädchen. Vielleicht wäre es angebrachter, für ihn zu schwärmen, als sein zu wollen wie er. Aber ich hatte noch nie für so einen geschwärmt, ich konnte mir nicht helfen: Das geschah mir einfach nicht.

An schlechten Tagen wie diesem kam es mir vor, als klaff-

te ein Abgrund zwischen denen und mir, ohne Brücke. Ich konnte sie nachahmen, wie früher, aber man erkannte doch sofort die schlechte Kopie.
Ich weiß, dass das Quatsch ist, sonst hätte Jerry wohl nicht mit mir geflirtet.
Doch das Gefühl hielt sich, da konnten sie machen, was sie wollten, die andern.
Shaoe fiel etwas ein.
»Also, ihr«, er zeigte erst auf mich, dann auf Raffaele, der sich zwischen Shaoe und Ellen installiert hatte, »kennt euch aber doch echt schon, oder? Ich will ja nicht schon wieder unhöflich sein.«
Der hat ja ein Gedächtnis wie ein Sieb, dachte ich, unternahm aber nichts.
»Eben hat er die beiden Mädels nicht vorgestellt«, erläuterte Jerry sarkastisch, offenbar für Raffaele, der das ja nicht mitbekommen hatte, »so was aber auch, tz, tz.«
Ich konnte nicht hinsehen, immer noch nicht. Ich konnte nur nicken.
»Wir sind uns schon mal über den Weg gelaufen«, sagte Raffaele.
Und dann ging es ja nicht anders: Wenn jemand spricht, schaut man hin, das ist eine Art Reflex.
Es reichte nur für ein, zwei verstohlene Blicke von unten, aber da bemerkte ich schon alles, was wichtig war: dass er wieder auf diese Weise grinste, seine eigene, mit nur einem Mundwinkel, schief eben, und dass sich dabei

auf der entsprechenden Seite, der rechten, ein Grübchen bildete, und dass er so hübsch aussah, mit den Strähnen, die ihm in die Augen hingen, apropos Augen, in diesem ziemlich kurzen, ziemlich verschämten Moment stellte ich sogar fest, dass seine Augen grün waren. Vielleicht fiel mir das nur so auf, weil sein T-Shirt auch grün war, dunkelgrün, mit weißem Rand. Ich sags ja: Männer tragen immer T-Shirts, auch wenn es draußen kalt ist.

»Stimmt«, sagte ich heiser, ich konnte kaum schlucken, musste aber dauernd, und das klang mir in den Ohren nach wie eine mittlere Explosion.

»Puh«, machte Shaoe erleichtert, lehnte sich zurück und verschränkte die Arme vor der Brust, »wenigstens einen sozialen Fettnapf glücklich umschifft.«

Ich lachte mit den anderen mit, aber es fühlte sich schlecht und gezwungen an.

»Prost«, sagte Jerry und hob sein Glas.

Es dauerte nicht lang, da waren alle mehr oder weniger betrunken.

Natürlich lenkte irgendjemand das Gespräch zurück auf die Fotos.

»Die letzte Vernissage war wahnsinnig – total direkt, würd ich das mal beschreiben. Die Models, das waren nicht viele, vier oder fünf oder so, die waren auch da und haben die Szenen nachgestellt. Das war schon originell«, erzählte Jerry.

»Nackt«, fragte Shaoe.
»Nicht ganz«, sagte Jerry, »die hatten da so Tücher und so um sich rum, und irgendwelchen Schnickschnack. Aber das war schon echt der Eyecatcher.«
»Interessanter Beruf: Nacktfotograf«, fand Raffaele.
Ich musste grinsen.
»Aktfotograf«, korrigierte Ellen automatisch.
Das war schon heraus, als ich zu Raffaele hinübersah, und da war es natürlich zu spät. Er schaute amüsiert, und sie musste sich wohl ärgern, weil sie den Witz nicht verstanden hatte.
Vom Wein fühlte ich mich angenehm beruhigt, ein bisschen leichter als sonst, ein bisschen gleichgültiger, also blieb ich dabei und guckte einfach geradeaus, und er guckte auch, das ist ja eigentlich nun nichts Besonderes. War es aber doch, weil ich es wirklich vermieden hatte, bisher, den ganzen Abend lang.

Da war er also, dieser Sog. Jetzt, wo ich einmal hingeschaut hatte, fiel es schwer, wieder wegzusehen. Ich spürte es ganz deutlich: Ich löste mich auf, in Luft, oder besser in Wasser, der Mensch besteht ja zum größten Teil aus Wasser, zu einem unglaublich hohen Prozentsatz. So ungefähr musste es sein, wenn man hypnotisiert wird, aber ich wurde ja nicht hypnotisiert, und ich wusste es außerdem viel besser. Sehr viel besser. Ich wusste es ganz genau, bloß hatte ich es so lange nicht mehr erlebt. Das heißt, das ist natürlich Blödsinn: Klar, habe ich es erlebt, klar, war ich verliebt in Patrice, ich könnte hundert Gesten aufzählen, hundert Arten, wie er etwas sagte, ich weiß nicht, vielleicht nicht gerade hundert. Aber die gab es natürlich, meine ganz persönlichen Highlights. Ich war auch in andere verliebt. Vorher und zwischendurch. Ich bin ja nicht emotional zurückgeblieben oder so was, klar, weiß ich, wie das ist. Es war nur: Ich kannte es abstrakter. Ich kannte das Drandenken, aber das war dann auch schon das Wichtigste. Die Erinnerung an einen schönen Abend. Patrice hab ich am meisten geliebt, wenn er nicht da war. Und das machte mir nicht mal was aus, jedenfalls nicht sehr: Ich habe ihn gern vermisst. Es war schön, jemanden zu haben, den man rechtmäßig vermissen durfte. Das war eine Art von Sicherheit. Es kam mir ganz richtig vor.

Und jetzt, jetzt: das. Vielleicht war es der Alkohol. Klar, war es der Alkohol, und die Hormone, und dass ich ein bisschen schräg zurecht war, den ganzen Tag, aber das tut ja nichts zur Sache: Dieser Abend, davon bin ich überzeugt, war der Auslöser. Egal, warum. Chemische Reaktionen, na und? Alles Mögliche lässt sich darstellen als chemische Reaktion.

Dadurch verliert doch nichts an Realität.

»Und du«, bohrte sich Jerrys Stimme zäh zwischen meine berauschten Überlegungen und mitten in das ganze, schlimme, aufgeregte Chaos, »für dich wär das nichts, oder?«

»Was«, fragte ich, ein bisschen aus dem Konzept geraten.
»Aktfotos«, erinnerte mich Ellen. Mutig, oder.
»Nacktfotos«, konnte sich Raffaele offenbar nicht verkneifen und musste lachen. Ellen wurde rot, oje, und verdrehte die Augen.
Ich musste auch lachen, weil ich das so lustig fand, das ist ja wohl das Lustigste seit einer Ewigkeit, dachte ich, obwohl das natürlich vollkommen übertrieben war, aber ich war hysterisch wie Sau, und so was bahnt sich irgendwann seinen Weg, ob man will oder nicht.
Genau genommen lachten wir uns gegenseitig an, Raffaele und ich, als hätten wir ein Geheimnis.
Die anderen hatten jedenfalls merklich weniger Spaß.
»Nee, sag doch mal«, beharrte Jerry, und zwar ziemlich ungeduldig, vielleicht sogar ein Stück weit genervt, »jetzt mal im Ernst.«
Ich räusperte mich. Gott, war das lustig. Oh Mann.
»Ich glaub nicht«, antwortete ich, atemlos und sehr konzentriert auf meine Fassung.
»Na, dann nicht«, sagte Jerry eine Spur herablassender als angebracht. Als ob ich ihm was getan hätte. Eine große Bitte abgeschlagen, zum Beispiel.
Ich warf noch einen Blick in Raffaeles Richtung, diesmal schon etwas vorsichtiger.
Ich wollte ja nicht, aber die Gedanken kamen einfach:

Wenn ich mir vorstellte, wie er, sagen wir mal: einen Arm um mich legte, dann verursachte das ein Ziehen in der

Brust, das regelrecht weh tat, körperlich, weil sich das so gut anfühlen musste: seine schönen, weichen Arme.
Wenn ich ihn jetzt anfasste, wusste ich, obwohl ich das noch viel weniger wissen wollte als alles zuvor, dann gäbe es kein Zurück mehr. Dann würde ich nie wieder loslassen. Nie, nie mehr.
Ich hätte losheulen können, hier am Tisch, vor allen Leuten, weil mir alles brannte, vor Schmerz und Scham und Sehnsucht, und ich gar nicht mehr zurechtkam. Es merkte aber niemand. Das ist ja oft so.

NEUNTENS.

»Und warum gerade jetzt«, fragte ich und kaute die Haut neben meinem linken Daumennagel ab, »hast du sonst nie dran gedacht, aufzuhören?«

Wir hockten auf dem schönen Bett, Shaoe und ich, mit dem Rücken an der Wand und mit angezogenen Knien. Auf dem Boden stand die Teekanne, daraus dampfte es und roch nach Pflaume-Zimt. Wir waren allein in der Wohnung. Ich glaube, wir redeten überhaupt nur miteinander, so richtig, meine ich, wenn niemand da war.

»Ich hab wohl einfach Glück gehabt«, sagte er nach einer kurzen Bedenkzeit.

»Wie meinst du das«, wollte ich wissen. Ich presste meine Nase gegen das linke Knie und friemelte am Saum des Unterrocks, den ich über meine wärmste Cordhose gezogen hatte. Die beiden T-Shirts und der Strickpulli und alles, das nützte nicht viel, in Altbauten wird es ja oft nicht richtig warm.

Shaoe zog seinen Pony lang und starrte hindurch, geradeaus. Es war eigentlich ganz gut, so dicht beieinander zu sitzen und sich trotzdem nicht ansehen zu müssen, wenn man etwas Ernstes besprach.

»Ich meine«, sagte er ganz leise, als hätten die Wände Ohren, »ich hab eigentlich kaum schlechte Erfahrungen gemacht, vorher, weißt du, eigentlich gar keine. Da hab ich schon ganz andere Sachen gehört, echt, aber ich dachte: mir passiert das halt nicht. Weil ich meine Leute kenne, ich bin da ja nicht so, also: ich hab das ja nicht nötig, das schnelle Geld und so, hab ich ja wirklich nicht. Ich bin also bei meinen Leuten geblieben, und war mir eben sicher: die kenn ich, da passiert schon nichts.« Er räusperte sich. »Auf die kann ich mich irgendwo verlassen, dacht ich, besonders auf den einen, Franko heißt der, weil man sich halt so lange kennt.«

Er machte eine Pause und grub die Zähne in die Unterlippe, bis sie ganz weiß wurde.

»Na ja, und dann ist eben doch mal was passiert.«

Ich kriegte eine Gänsehaut. Ich meine – womit rechnet man wohl, wenn jemand das so ausdrückt? Mit nichts Gutem, das auf keinen Fall.

Es ist wohl das Beste, wenn ich versuche, das, was er mir erzählt hat, so gut es geht, wiederzugeben. So, wie ich es verstanden habe.

Shaoe geht also mit zu Franko, in seine Wohnung, gewohnheitsmäßig, das ist schon ganz normal, er kennt ihn

seit fast drei Jahren. Einmal im Monat sehen sie sich, das sind zwölfmal im Jahr, eine ganz schöne Menge. Immer um den Ersten herum.
Franko ist Ende vierzig, ungefähr, und die Wohnung befindet sich im oberen Geschoss eines kleinen Hauses, das ihm wohl selbst gehört. Er ist ein bisschen schlampig, aber nicht direkt unsauber. Alles wirkt immer ein bisschen künstlich aufgeräumt, wenn Shaoe kommt. Franko hat ein Futonbett, und schwarze Teppichfliesen, abgetretene, schwarze Teppichfliesen.
Shaoe will nicht barfuß über diese Teppichfliesen gehen, weil sie ihm irgendwie eklig sind, das muss er aber auch nicht unbedingt, jedenfalls nie am Anfang. Franko mag Spielchen, er stellt sich zum Beispiel gern vor, wie er einen Jungen kennen lernt und der dann mit ihm mitgeht, ganz naiv, und Franko kann sich wie der böse Held aus dem Film fühlen, irgendeinem Film. Einem spannenden, wo die Bösen diejenigen sind, die man insgeheim bewundert. Shaoe bleibt dabei angezogen.
»Er ist nie gewalttätig geworden«, verteidigte Shaoe, und ich weiß nicht, ob Franko oder sich selber.
Gewalttätig oder nicht, Franko hat jedenfalls Phantasien in eine Richtung, die deutlich ins Dramatische geht. Was er am liebsten möchte: der tragische Täter sein, der seinen Jungen erst fertig macht, inklusive Fesseln, Blut und so weiter, dann lässt er ihn vielleicht eine Weile so liegen, und dann tut es ihm Leid und er versorgt ihm die Wun-

den. Das Spiel ist aber nie so weit gegangen, sonst wäre Shaoe ja nicht wiedergekommen.
Aber an diesem bestimmten Tag im Sommer, Hitze, Sonnenschein, Vogelgezwitscher und alles, es ist später Nachmittag, Shaoe freut sich schon, weil er später noch im Biergarten verabredet ist und dann gleich was ausgeben kann, das macht er ganz gerne, es kommen auch ein paar Leute, die er länger nicht gesehen hat. Die sind weggezogen und jetzt zu Besuch.
An diesem Tag also wird das Ganze kritisch. Natürlich rechnet Shaoe damit überhaupt nicht.
Er kommt an, mit dem Fahrrad, das ist gar nicht so weit von hier. Er achtet drauf, langsam zu fahren, weil er sich vorher frisch gemacht hat, wie immer, und er möchte, gerade bei der Wärme, nicht in der Arschritze schwitzen oder an den Füßen oder so. Er kommt also schön langsam an, riecht gut, hat Gel in den Haaren, weil Franko drauf steht, und ist wirklich guter Dinge.
Franko lässt ihn rein, begrüßt ihn, er spricht, auch wie immer, sehr leise und ein bisschen gehetzt, Shaoe nennt es: fistelig. Wenn man sich das Haus anschaut, dann wird einem manchmal etwas bedenklich um die Nase, weil er keinen Namen an der Klingel und am Briefkasten hat. Wer weiß, wie der Typ an seine Post kommt, aber das ist ja sein Problem.
Sie setzen sich auf das Futonbett, dabei muss Shaoe umständlich seine Beine so einrichten, dass es nicht

lächerlich aussieht, auf dem niedrigen Gestell. Wenn man schon ein Stricher ist, er sagt nie: Callboy, das findet er furchtbar, außerdem machen Callboys es mit Frauen, und Stricher ist zwar eigentlich auch scheiße, aber ehrlicher, immerhin. Wenn man also schon ein Stricher ist, dann hat man die Pflicht, gut auszusehen, das Auge isst schließlich mit et cetera. Franko hat schon was getrunken, und jetzt trinken sie nochmal was zusammen, Campari-Orange, aus schweren, bauchigen Gläsern, das gehört für Franko wohl dazu. Immer Campari-Orange. Es schmeckt nicht, hat aber eine hübsche Farbe und verströmt Nostalgie.

Nun entspinnt sich ein ganz gewöhnlicher Franko-Shaoe-Dialog, und Shaoe ist mit den Gedanken schon ganz woanders, bei den Freunden nämlich, und passt darum nicht richtig auf. Er kann es gar nicht glauben, als er auf einmal, wirklich: urplötzlich in einer wieselflinken Bewegung auf den Bauch gedreht wird und mit dem Gesicht auf der Matratze landet. Das Laken ist dunkelgrau und riecht nicht mehr frisch. Franko drückt ihm beide Ellbogen so fest auf den Rücken, dass es wehtut, und Shaoe denkt erst mal: Der geht aber ran heute, und beschwert sich nicht, das kann er ja nachher immer noch tun, natürlich nett und freundlich, weil es ja schon mal vorkommen kann, dass es durchgeht mit einem.

Franko hat auch gleich seine Riemen parat. Er keucht beim Binden, Shaoe lässt ihn halb machen, halb wird er sich darüber bewusst, dass der Spaß hier aufhört, aber er

ist einerseits zu erschrocken, andererseits zu vertrauensselig und zu ungläubig, um sich zu wehren, er ist sich gar nicht mehr sicher, was eigentlich noch in Ordnung wäre und was nicht. Und während er noch immer nicht so recht weiß, wie ihm geschieht, hat Franko ihm schon die Hose runtergerissen und ihm sein Ding reingeschoben, ohne was drüber, das ist jetzt aber mal wirklich gegen die Abmachung, die sie von Anfang an haben, und er presst mit beiden Händen Shaoes Kopf gegen das stinkende Laken, bis er kaum noch Luft kriegt. Es scheuert und schürft und fühlt sich an wie etwas, das viel größer ist als Frankos mickriges Ding, sehr viel größer, und Shaoe wird es ganz elend und er kriegt es mit der Angst zu tun wie ein Verrückter, und dann ist es auch schon vorbei, zum Glück.
»Und was macht er dann«, fragte Shaoe, »er haut einfach ab. Ey, der ist einfach abgehauen und hat mich da so liegen lassen, in seinem eigenen Haus, keine Ahnung, was dem im Kopf herumgegangen ist, ich hab echt keine Ahnung.«
Shaoe weiß also nicht mehr, wo oben und unten ist. Er macht, dass er weg kommt, obwohl er kaum gerade stehen kann vor Panik und Wundsein, er weiß ja nicht, was dieser Mensch vorhat, so hat er ihn noch nie erlebt, und dabei läuft ihm auch noch fröhlich die Wichse raus.
»Das hört sich jetzt vielleicht gar nicht so schlimm an«, sagte Shaoe, »aber das war ganz schön scheiße.«
Wütend richtete ich mich auf.

»Bist du wahnsinnig«, schimpfte ich, »das hört sich nicht schlimm an!« Ich war erschüttert und wollte das zeigen.

»Jedenfalls wollte ich das dann auch beenden«, fuhr er fort, »ich hab mir da noch so einiges überlegt an dem Abend. Ja, und dann hat er angerufen, ganz spät noch, auf dem Handy, klar, ich geb ja nicht unsere Festnetznummer weiter, und hat sich entschuldigt. Der hat beinahe geheult, er möchte mich um Verzeihung bitten, so hat er das gesagt, ehrlich: um Verzeihung bitten. Und er hat mir auch gesagt, warum, also, warum er so ausgeflippt ist, wie er das nannte: Halt dich fest«, warnte er mich und sah mich an, »er hat rausgekriegt, wo ich wohne, und war eifersüchtig.« Er zwinkerte nervös und knibbelte sich einen kleinen Fetzen Haut von der Lippe. »Auf Jerry. Er ist davon überzeugt, ich hätte was mit Jerry, er lässt sich das auch nicht ausreden, bis heute nicht.«

»Scheiße«, fiel mir nur dazu ein, leider.

»Und dann hat er noch ein paar Mal angerufen, ein paar Tage hintereinander«, er schaute wieder weg, aus dem Fenster, es regnete, und das Wasser klatschte vernehmlich gegen die Scheibe. »Hat gebettelt, dass ich ihn nicht verlassen soll, ohne Scheiß, und dass doch mein Freund nichts erfahren bräuchte.« Er schluckte hörbar. »Der ist völlig durchgedreht.«

Wow, dachte ich, und das, was ich hab, nenn ich Probleme.

»Und dann«, fragte ich.

»Ich bin nochmal da gewesen«, er begann, mit beiden Händen seinen Nacken zu massieren, »weil ich dachte: dann beruhigt er sich vielleicht wieder, keine Ahnung. Aber ich mach jetzt richtig Schluss damit. Auf jeden Fall.«
»Wer weiß«, gab ich zu bedenken, »zu was der fähig ist«, und kam mir abgedroschen vor.
»Scheiße ist das mit der Adresse«, sagte Shaoe, und auf seiner Stirn kräuselten sich dünne Falten. »Ich kann mir nicht vorstellen, wie er die rausgekriegt hat. Ich hab ihm ja nichts über mich gesagt. Wenn ich mir vorstelle – angenommen, der war hier, dass der mich vielleicht beobachtet hat, also, da wird mir aber schon ganz anders.«
Wurde es mir auch. Ich hätte gern einen guten Rat bereit gehabt, oder zumindest selber ein bisschen weniger Schiss.
»Wenn ich dir irgendwie helfen kann«, bot ich matt an.
Entschlossen rückte er nach vorn und schob die Beine über die Bettkante.
»Ich regel das schon«, erklärte er, aber es klang nicht gerade zuversichtlich.
Ich dachte, dass wir jemandem davon erzählen sollten, und dass das eine wirklich ernste und schlimme Angelegenheit war, und ich dachte an Patrice in Neuseeland, und an den Nacktfotografen, und an Sex mit Raffaele.

ZEHNTENS.

Das war an einem Sonntag gewesen, und es wurde Montag, und es wurde Dienstag, Mittwoch, und schließlich Donnerstag. Alles blieb ruhig. Keine Katastrophen, nichts. Shaoe wurde krank, Grippe, und nichts geschah.
Ich saß an der Leihstelle und haderte mit mir und meiner Unentschlossenheit in verschiedenen Punkten.
Die eine Sache war Patrice. Seit diesem Abend, dem Abend, an dem ich mich in Raffaele verliebt hatte, betrachtete ich meinen auf die andere Seite der Erde entwichenen Freund oder Exfreund oder Nochfreund mit ganz anderen Augen. Ich hätte nicht sagen können, mit was für welchen, aber langsam wurde mir etwas klar. Dass irgendwas schief gelaufen war, und zwar schon sehr, sehr lange.

Patrice hatte ich da kennen gelernt, wo man eigentlich nie jemanden richtig kennen lernt, obwohl man immer darauf gefasst ist: auf einer Party. Ich ging, grob geschätzt, auf jede Party, die sich anbot, nicht, weil mir das so viel Spaß machte, sondern aus Angst, andernfalls wieder dort zu landen, wo ich hergekommen war: im Abseits.

Alles war ganz einfach, so einfach, dass man, wollte man eine Geschichte daraus machen, schon einiges dazudichten müsste. Patrice sah mich, und ich gefiel ihm. Wir waren betrunken und knutschten im Bad. Er fragte nach meiner Telefonnummer, rief mich an und gab mir das Gefühl, etwas herzumachen. Patrice war blond und sportlich und studierte Tourismusmanagement. Er war so, wie man sein sollte.

Mit uns verhielt es sich ein bisschen wie mit Sissi und Franz Joseph: einem Kaiser sagt man nicht nein. Einem Patrice sagte man auch nicht nein, jedenfalls nicht, wenn man ich war, und es fiel mir auch nicht schwer, mich für ihn zu begeistern, ich merkte nicht einmal, was für ein halbherziges Unternehmen das war: sich aus Dankbarkeit und Eigennutz zu verlieben. Den Unterschied zwischen damals und heute nehme ich erst jetzt richtig wahr. Man weiß ja vieles nicht besser, bevor man es selbst erlebt hat. Deshalb war ich auch bereit, manches in Kauf zu nehmen. Wir waren noch nicht lange ein Paar, da fing es schon an mit mir und meiner falschen Rücksichtnahme.

Einmal lagen wir im Bett, Patrice und ich, bei ihm zu Hause. Es war noch zu früh zum Schlafen, aber zu reden gab es auch nicht mehr viel. Zum Glück klingelte das Telefon.

»Oh nein«, stöhnte Patrice und verdrehte genervt die Augen, »das ist bestimmt wieder die Spaßbremse. Was musstest du der auch meine Nummer geben?«

»Ich bin doch meistens hier«, erklärte ich schüchtern.

Es war aber nicht die Spaßbremse. Es war Jerry.

»Und, alles klar«, fragte Patrice und lachte.

Seit Patrice und Jerry ein halbes Jahr zuvor als Animateure auf Ibiza gearbeitet hatten, kamen sie sehr gut miteinander aus. Patrice erzählte gern, wie sie sich immer über die Touristen lustig gemacht hatten. Er klang stolz dabei.

»Okay«, sagte Patrice und grinste überheblich in den Hörer, »dann mal bis morgen.«

Ich redete mir ein, dass Jungs eben so miteinander sprechen mussten, der Ehre wegen.

Patrice legte auf.

»Jerry bringt morgen Abend ein paar Leute mit«, sagte er und gab mir einen Kuss auf den Mund, »das wird bestimmt lustig.«

Eigentlich hatte ich etwas anderes vorgehabt, aber das konnte ich ja verschieben. Ich wollte mich schließlich nicht von Patrice' Freunden abgrenzen.

Wenig später sind wir dann zusammengezogen. Ich wäre zu dieser Zeit wohl noch überall hingegangen mit einem wie ihm.

Ich musste auch wieder an den Bruder meiner Freundin denken, denn rückblickend erscheint er mir ein bisschen wie eine frühere Ausgabe von Patrice: Er gehörte eindeutig in die Traumtypkategorie, Luxusklasse sozusagen. Ganz im Ernst: Alle, wirklich alle fanden ihn toll. Das beeindruckte mich sehr.

Außerdem hatten sie ja Recht: Er war nicht nur hübsch und beliebt, sondern auch nett und klug. Mir hätte aber damals schon Ersteres genügt.

Danach war noch einer gekommen, auch ein Toller, ein Freund des Bruders, aber der Bruder war zu allem Überfluss auch noch ziemlich anständig, und als es mit dem Freund anfing, da hatten der Bruder und ich uns schon auf sehr erwachsene und respektvolle Art und Weise getrennt.

Dann war die Schule vorbei, doch ich blieb nicht lange allein. Es war verrückt, wie im Märchen, und ich wartete starrköpfig auf den Moment, in dem ich morgens aufwachen und in den Spiegel schauen und wieder mein altes Außenseitermädchen-Ich sehen würde. Damit rechne ich sogar heute noch, aber nicht mehr so oft. Man gewöhnt sich an alles, doch mir scheint es mit den schlechten Dingen leichter zu fallen.

Der Nächste war nicht ganz so toll, aber sehr bekannt in der Stadt, zumindest unter den jungen Leuten. Er war älter als ich, fast zehn Jahre, und hatte einen Friseurladen. Der Laden hieß: der Frisiersalon, das war lustig gemeint, und die Kundschaft bestand überwiegend aus Studentinnen, die einen Haufen Geld dafür bezahlten, für jemanden

von der Straße gehalten zu werden. Nebenan machten sie Piercings, und es kam tatsächlich regelmäßig vor, dass die Mädchen, und auch ein paar Jungs, beide Termine sinnvoll miteinander kombinierten.
Wir passten nicht gut zusammen, der Friseur und ich, aber trotzdem, oder gerade deshalb, hing ich sehr an ihm, ich hätte für immer mit ihm Hand in Hand im Park herumspazieren oder Möbel angucken oder auf den Flohmarkt gehen können. Ich mochte seinen Geruch und wie er ununterbrochen mit Händen und Füßen sprach, er hatte auch Humor, bloß leider einen anderen als ich. Als er dann nicht mehr wollte, erlebte ich den bislang ärgsten Liebeskummer meines Lebens. Ich sollte doch froh sein, hörte ich von allen Befugten. Und das stimmte natürlich, denn der Friseur rauchte mehr Gras als Patrice und Jerry und all diese Leute zusammen, es grenzte an ein Wunder, dass er sich beim Haaremachen überhaupt noch konzentrieren konnte. Die Schwaden wehten häufig durch den ganzen Salon, sodass man es sogar durch die Haarspraywolken hindurch riechen konnte. Vielleicht musste man aber auch stoned sein, um seine hippen Frisuren hinzukriegen.

Das waren also unter anderem die Dinge, über die ich mir Gedanken machte und für die ich einen neuen Zusammenhang zu finden versuchte.
 Bevor ich mir jedoch zusätzlich lange den Kopf darüber zerbrechen musste, auf welche Weise ich zufällig Raffaele

wiedertreffen konnte, eine wichtige Frage, wie ich fand, ereignete sich wenigstens in dieser Hinsicht etwas.
Das war wieder so eine Sache, die bestimmt jedem schon mal passiert ist: Man malt sich immer und immer wieder etwas aus, in den verschiedensten Variationen, mit allen denkbaren Abweichungen von der Regel, und wenn man sich dann tatsächlich in der entsprechenden Situation befindet, ist man grundsätzlich so schlecht vorbereitet, als hätte man nie darauf gehofft.
Erst sah ich ihn gar nicht, weil ich mit einer Verlängerung beschäftigt war und der Computer nicht so wollte wie ich, also war ich umso entgeisterter, als er plötzlich vor mir stand und mir einen Stapel Bücher hinschob.
»Hi«, sagte er, leise und mit diesem verwirrenden Klang in der Stimme, und da war es wieder, das hübsche Grübchen. Links, von mir aus betrachtet.
»Ähm«, machte ich unbestimmt und vergaß erst mal, die Bücher aufzuklappen und so weiter, »hallo.«
Meine Kollegin neben mir verabschiedete gerade ihren letzten Kunden. Meiner war Raffaele. Ich hatte bei der vielen Nachdenkerei kaum gemerkt, wie die Zeit vergangen war.
»Ausleihen«, grinste Raffaele immer noch und kam damit der obligatorischen Frage zuvor: ausleihen oder zurück?
»Ja, okay«, sagte ich hastig. Ich konnte nicht einmal die Titel lesen, vor Schreck. Ich glaube, eines der Bücher ging um ein Computerprogramm.

Nicht hinsehen, dachte ich krampfhaft, nicht hinsehen, während ich wartete, dass sein Beleg fertig gedruckt wurde. Trotzdem nahm ich aus dem Augenwinkel ein Stück Sweatshirt, blau, und ein Stück Cordhose, hellbraun, wahr. Wenn ich ihm nur nicht ins Gesicht schauen musste. Ich schwitzte.
»Bitte schön«, sagte ich und überreichte ihm nach gefühlten Stunden, in denen ich nichts mit mir anzufangen wusste, den Ausdruck. Das war ungefähr so wie mit der gefühlten Kälte: Es sind vielleicht acht Grad draußen, aber vorkommen tut es einem wie minus zwanzig.
Raffaele steckte den Zettel in die Arschtasche und klemmte sich die Bücher unter den Arm, so viele waren es ja nicht.
Meine Kollegin war schon aufgestanden, niemand mehr zu sehen, hier vorn. Die Uhr zeigte fast fünf nach sieben.
»Feierabend«, gähnte die Praktikantin, die immer im falschen Moment auftauchte. Nein, Quatsch, nicht immer, aber natürlich ausgerechnet jetzt.
»Oh«, wunderte sie sich, als sie Raffaele sah, »ich wollte schon abschließen.«
Sie klimperte penetrant mit dem Schlüsselbund. Ich weiß, sie kann nichts dafür, aber in diesem Augenblick hasste ich sie.
»Bin schon weg«, beschloss Raffaele und tat so, als wäre ihm gar nicht aufgefallen, dass er der einzige Anwesende war, der nicht hier arbeitete.

Ich stand so eilig auf, dass mir beinahe der Stuhl umgekippt wäre.

»Warte«, rief ich, und zwar eindeutig zu laut.

»Soll ich jetzt abschließen oder nicht«, fragte die Praktikantin.

Fall hin und tu dir weh, dachte ich.

»Schließ ab, wir gehen hinten raus«, erklärte ich strenger als beabsichtigt.

So was konnte ich eigentlich gar nicht. Es blieb allerdings keine Zeit, mich darüber zu wundern.

Raffaele hielt inne und hob die Brauen. Da hatte ich natürlich längst hingesehen. Ich konnte ja nicht ewig ausweichen. Wollte ich auch gar nicht. Die Haare fielen ihm unordentlich in die Stirn. Über dem freien Arm hing seine Kapuzenjacke. Er war also zurück: der unheimliche Sog.

»Ja«, begann ich, und zwar aus einem vollkommenen Vakuum heraus, mir wollte nämlich absolut nichts einfallen. Ich schluckte. »Wir können also auch hinten rausgehen«, wiederholte ich blöd.

Er hob ganz kurz die Schultern und lächelte sehr nett. Es schien ihm jedenfalls egal zu sein, wo er rausging.

»Dann können wir schon mal abschließen«, setzte ich noch eins drauf, auf den Gipfel der Dämlichkeit.

Ich verabschiedete mich von niemandem. Wie heimlich schlich ich um ein paar Ecken und entschied mich für den Notausgang, der sich hinter einer ganz normalen Milch-

glastür verbarg, die in das Untergeschoss des angrenzenden Gebäudes und auf diesem Wege schließlich nach draußen führte. Ich weiß gar nicht, ob das den offiziellen Notausgangbestimmungen entspricht, die es ja bestimmt gibt.
Ich hörte Raffaeles Schritte hinter mir und bildete mir ein, seinen Atem im Nacken zu spüren, was gar nicht sein konnte, weil wir dafür nun doch zu viel Abstand hatten.
Draußen war es windig und es nieselte.
»So«, sagte ich zwanghaft, um ihn noch ein bisschen aufzuhalten, »da wären wir.«
Er nickte und schaute mich freundlich an. Es hätte schlimmer sein können: genervt oder gelangweilt zum Beispiel. In aller Ruhe setzte er die Bücher auf dem Pflaster ab und zog seine Jacke an. Es sah hübsch aus, wie er angezogen war. Ich fand, es wirkte wie frisch gewaschen. Wie etwas, worin man seine Nase vergraben möchte. Wie in der Weichspülerwerbung.
»Das hab ich ja grad eben noch rechtzeitig geschafft«, sagte er endlich, »ich dachte, die Bücherei hätte bis acht auf.«
Er war ein ganzes Stück größer als ich, ich hatte ihn kleiner in Erinnerung gehabt.
»Immer bis sieben«, korrigierte ich, »und samstags bis zwei.«
Er nickte wieder und schaute, und ich schaute auch, und so langsam kam mir das unangebracht vor, was sollte er von mir denken.

»Na, dann mal noch einen schönen Feierabend«, wünschte er, was ich sehr höflich, aber auch sehr traurig fand, weil mir nichts in den Sinn kommen wollte, was ihn dazu hätte bringen können, noch ein bisschen zu bleiben. Hier draußen, im Nieselregen, bei gefühlten null Grad, vor dem unseriösen Notausgang der städtischen Bücherei.
»Ja«, sagte ich etwas stumpf, weil ich nicht wusste, ob: danke, gleichfalls, richtig gewesen wäre. Zeit zu gehen.
»Wie kommst du denn nach Hause«, fragte er beiläufig genug.
»Ich geh jetzt zur Bushaltestelle«, gab ich wahrheitsgemäß zurück.
Er wog seine Bücher lässig in beiden Händen.
»Es regnet«, stellte er fest.
»Es ist nicht so weit«, beschönigte ich die Umstände, »nur ein paar Minuten.«
»Ich kann dich auch mitnehmen«, bot er an, »wenn du willst.«
Mein Herz schlug um sein Leben, und ich bin mir sicher, dass ich rot geworden bin wie etwas, das man lebendig ins kochende Wasser wirft, also Hummer zum Beispiel.
»Wenns dir nichts ausmacht«, sagte ich kurz vor dem Hirntod, »also, ich kann aber auch mit dem Bus fahren, du musst nicht – du musst da keinen Umweg machen oder so. Wegen mir.«
Er strahlte mich an. Das ging mir richtig durch, von oben bis unten, mein lieber Schwan.

»Nein, kein Problem«, versicherte er, »das ist gar kein Umweg.«

Jetzt war es an mir, ihm nachzulaufen. Weit war es nicht bis zu seinem Auto, er hatte in der nächstgelegenen Seitenstraße geparkt. Wenn wir unter die orangefarbenen Lichtkegel der etwas hübscheren Laternen, die sie hier im Zentrum aufgestellt hatten, gerieten, erkannte ich die vielen winzigen Tropfen, die wie Spinnennetze in seinen Haaren glitzerten. Der Regen wehte uns so fein entgegen, dass man ihn fast für Nebel hätte halten können. Vielleicht war es eine Mischung aus beidem.

Ich war mir so sicher, dass er nett war. Wie kommt so was? Dass man jemanden, mit dem man kaum ein paar ganze Sätze gewechselt hat, zutiefst überzeugt für einen ganz vorbildlichen Charakter halten kann. Ich fand ihn beunruhigend vertrauenswürdig. Meistens hat das ja einen geheimen Haken, darum war ich vorsichtshalber schon mal skeptisch.

Als ich endlich zu sitzen kam, fühlte ich mich plötzlich klamm und unwohl und nach Lächerlichmachen. Ich hatte mich ihm aufgedrängt. Ich hätte auch nein sagen können. Ich wusste nicht, wohin mit meinen Händen, und klemmte sie mir unter die Oberschenkel.

»Ist denn schon was draus geworden«, fragte Raffaele und schnallte sich an, »aus den Fotos?«

Er schaltete wieder sein Grübchengrinsen ein.

»Keine Ahnung«, lachte ich erleichtert, dass er so unkompliziert an unsere letzte Begegnung anknüpfte, »da bin ich nicht auf dem Laufenden.«
»Ich weiß nicht, ich könnte mir vorstellen«, er warf mir einen Blick zu, den man als unsicher deuten könnte, als wisse er nicht recht, ob er besser still wäre, »dass man so was auch bereuen kann, später.«
»Ja«, stimmte ich lebhaft zu, weil er so sehr meiner Meinung war, »das hab ich mir auch schon gedacht.«
Ich fürchtete, jetzt käme eine Pause, aber es kam keine.
»Ich find es komisch – dass viele das so, na ja, wichtig nehmen. Wenn sie einer fotografieren will.« Er wischte sich mit dem Jackenärmel, aus dem nur zur Hälfte die Finger rausguckten, einen Regentropfen von der Nasenspitze.
»Wenn man jung ist«, überlegte ich, »ist es, glaub ich, wichtiger.«
Forschend sah er zu mir herüber. Es gab nichts, was mich an seinem Gesicht gestört hätte.
»Echt«, fragte er nach, »ja, kann ich mir vorstellen. Ist vielleicht eine tolle Bestätigung.«
»Genau«, sagte ich.
Ich freute mich, dass er verstand, was ich dachte. Es kam mir wertvoll vor und nicht wie belangloses Gerede. Natürlich hängt das damit zusammen, dass man immer alles überinterpretiert, wenn man jemanden interessant findet. Aber ich freute mich trotzdem.

Als wir vor dem WG-Haus hielten, wurde es mir ganz eng im Hals und unter den Rippen. Ich wollte nicht aussteigen, ich wollte ihn nicht gehen lassen, ich wollte nicht, dass man es nochmal drauf ankommen ließ, wann man sich wiedersah.
Er stellte den Motor ab.
Ein gutes Zeichen, dachte ich, und traute mich kaum zu atmen.
»So«, lächelte er, ein bisschen zurückhaltend.
»Tja«, lächelte ich zurück.
»Ich bin schon gespannt, wo ich dich das nächste Mal aufsammeln darf«, sagte er, aber so leise, dass ich es auch hätte überhören können.
»Na, jedenfalls warst du jetzt schon zweimal zur richtigen Zeit am richtigen Ort«, nahm ich den Faden auf. Ich hoffte, dass es nicht arrogant wirkte. Ich hatte natürlich gemeint: mein Glück, dass er da war, nicht seins.
»Vielleicht«, fing er an, sprach aber nicht weiter.
»Vielleicht«, wiederholte ich gedehnt und grinste ihn von unten herauf an, so wie man es in lustigen, romantischen Filmen sieht.
»Ach, nichts«, machte er einen Rückzieher und drehte sich weg, aber nur kurz.
»Ich dachte nur: Man könnte ja vielleicht auch was ausmachen«, sagte er hastig, als wollte er es hinter sich haben.

Mir wurde warm. Ich konnte erst mal gar nichts erwidern, nur strahlen wie ein Honigkuchenpferd.

»Ich meine, sonst bin ich vielleicht mal nicht – zur richtigen Zeit am richtigen Ort«, ergänzte er, schon merklich gelassener.
»Das Risiko können wir auf keinen Fall eingehen«, schloss ich mich übermütiger und schlagfertiger an, als es meine Art war.
Wir verabredeten uns für Samstag, und als ich ausstieg, war ich so benommen, dass ich zweimal hintereinander meinen Schlüssel fallen ließ und dann das Schloss nicht traf.
Ich lachte mich darüber kaputt wie eine Blöde.

ELFTENS.

»Ich hab Schluss gemacht«, sagte ich.

»Mit Patrice«, hustete Shaoe und wärmte sich die Hände an seiner geringelten Teetasse. Er war aber schon fast wieder gesund.

Ich nickte.

Jerry stellte die Kaffeemaschine ab und setzte sich zu uns an den Tisch. Es war zehn Uhr morgens, doch der Himmel war so verhangen, dass wir das Licht angeschaltet hatten. Ich fühlte mich ein bisschen wie in einer Fernsehfamilie.

»Und«, fragte Shaoe nach, »wie gehts dir jetzt so?«

»Ich glaub, es war richtig«, dachte ich laut, »ich hab ihm einen Brief geschrieben. Per Mail wär mir zu blöd gewesen, aber so ein Brief – ich mein, wir haben uns eh kaum noch gesprochen die letzte Zeit. Ich kann mir nicht vorstellen«, redete ich einfach weiter, »dass es ihm viel ausmacht.«

»Wann hast du den Brief denn abgeschickt«, wollte Jerry

wissen. Er zerteilte sein Hörnchen und träufelte Honig darauf.
»Gestern«, sagte ich, »ganz spät«.
»Oh«, machte Shaoe und putzte sich die Nase, »dann kriegt er ihn ja erst noch.«
»Wieso denn so plötzlich«, erkundigte sich Jerry.
»Ach«, sagte ich, »so plötzlich war das gar nicht. Außerdem«, hier unterbrach ich mich, weil ich mir nicht sicher war, ob ich das nicht lieber noch eine Weile für mich behalten sollte, andererseits, egal, ich war grad so schön drin in diesem Redereflex, »außerdem bin ich verabredet.«
So, da war es also heraus.
»Darf man fragen, mit wem«, wurde Jerry ganz neugierig.
»Mit Raffaele«, schlug Shaoe vor, zerknüllte sein Taschentusch und warf es grob in Richtung Mülleimer.
»Richtig«, nickte ich nach kurzem Zögern. Ich war wirklich in Versuchung geraten, nein zu sagen. Und zehn Sekunden später wusste ich dann auch genau, warum. Jeremiah hob spöttisch die Brauen und lachte kurz und hart auf, dass es einem, also: mir in dem Fall, durch Mark und Bein ging. Er schüttelte belustigt den Kopf und kicherte wie ein Idiot in sich hinein.
»Jetzt echt«, fragte er mit gewissenhaft zur Schau getragenem Spaß.
Shaoe verrührte gemächlich ein Stück Zucker in seinem Tee.

»Was ist denn daran so lustig«, wollte ich wissen. Es

sollte absichtlich gereizt klingen, was es leider nicht tat, weil mein Mund auf einmal so trocken war und ich mich irgendwie im Nachteil wähnte.

»Also, dir hätt ich aber einen besseren Geschmack zugetraut«, lautete Jerrys Erklärung.

Jetzt ging es also um Geschmack, als wäre Raffaele ein Möbelstück und kein Mensch.

»Du kennst den doch fast gar nicht«, wandte Shaoe ein.

»Ach so«, rief Jerry laut und schlug sich mit der flachen Hand vor die Stirn, »der hat innere Werte? Geld, oder was?« Er führte sich auf, als hätte er einen ganz kolossalen Witz gemacht.

So benehmen sich Leute, die auf der sicheren Seite stehen, dachte ich, und wunderte mich, wie recht ich damit hatte.

»Versteh einer die Frauen«, klagte er, und widmete sich, immer noch kopfschüttelnd, seinem Hörnchen.

»Ich find, ihr könntet gut zusammen passen«, sagte Shaoe und pustete in die Tasse.

»Wir treffen uns doch erst nur einfach mal«, wiegelte ich ab und schämte mich dafür, »nur einfach so. Das heißt doch erst mal gar nichts.«

»Haha«, amüsierte sich Jerry, »und darum machst du gleich mit deinem Freund Schluss, ja?«

Ich hätte mich in die Luft jagen können, dafür, dass ich überhaupt etwas erzählt hatte.

»Ich hab doch gesagt«, wiederholte ich, »dass das schon länger nichts mehr war mit Patrice.«

Jerry zuckte die Achseln.
»Wird sich zeigen, ob er das auch so sieht«, versuchte er, mir ein schlechtes Gewissen zu machen.
»Das kann dir doch wohl scheißegal sein«, wurde ich ungewohnt heftig. Ich glaube, es war das erste Mal, seit ich in der WG wohnte. Der erste Streit.
»Ich kann ihn dann ja damit trösten, dass sein Nachfolger nicht grad Mister Universum ist«, konstatierte er boshaft.
»Na und«, fragte Shaoe und machte ein genervtes Gesicht.
Mir wurde schlecht, weil ich mir vorkam wie auf der Abschussliste. Es wurde nicht von mir erwartet, dass ich mich in Raffaele verliebte, wenn es gleichzeitig andere im Angebot gab. Schlimmer noch: Es wurde eigentlich von niemandem erwartet. Und wenn es doch mal vorkam, dann mussten ein paar stichhaltige Erklärungen her, oder Rechtfertigungen, über innere Werte und so.
Und es ging dabei immer um Trotzdem statt um Weil.
Ich befand mich auf dem besten Weg, mich wieder zum Freak zu machen, und entsprechend war ich nicht besonders erfreut, dass ausgerechnet mir das passierte.
Und ausgerechnet jetzt.
»Du gehst immer nur nach dem Aussehen«, warf Shaoe vor.
»Quatsch«, widersprach Jerry.
Dabei stimmt es doch, oder? Man geht immer zuerst nach dem Aussehen, wenn man jemanden noch nicht näher kennt, wonach denn sonst. Ich traute mich aber nicht zu

sagen, dass ich auch nach dem Aussehen gegangen bin, was Raffaele anbelangt.
Man soll ja immer zu allem Möglichen stehen, aber das ist manchmal gar nicht so leicht. Ich begebe mich nicht gern aufs Glatteis, weil ich damit schlechte Erfahrungen gemacht habe, früher. Und wenn einem etwas Gutes zustößt, dann möchte man es sich nicht wieder verscherzen. Ich wollte weiter dazugehören. Darin hatte ich mich richtig verbissen.
Dafür musste man allerdings verschiedene Voraussetzungen erfüllen, zum Beispiel diese:
Sie stellen einem eine schöne Auswahl zur Verfügung, einen Katalog der Bewunderungswürdigen. Aus diesem Vorrat kann man sich einen aussuchen. Der Rest fällt durch das Raster und fängt schon in der Schule mit dem Übrigbleiben an. Ich habe mir wirklich Mühe mit denen gegeben, die zur Debatte standen, sodass ich mich beim Bewundern beinahe so enthusiastisch gebärdete wie die anderen. Aber wirklich ehrlich war ich damit nicht, das merkte ich jedoch erst jetzt, beziehungsweise an diesem speziellen Freitag, oder vielleicht auch schon ein bisschen eher.
Es ging jedenfalls sehr langsam vonstatten, das Merken. Vorher hatte ich häufig einfach den Leuten Recht gegeben, die in der Mehrheit waren.

 Zum Beispiel damals: Patrice und ich stehen uns die Beine in den Bauch, bei der Zehnjahresparty der Wellnessoase.

Die Wellnessoase ist eine Kombination aus Schwimmbad, Fitnesscenter, Sauna, Sonnenstudio und astrologischer Typberatung oder so was. Die Party geht auf unser Konto – im buchstäblichen wie im übertragenen Sinn. Sie ist nicht originell, denn originell hatte es gar nicht werden sollen. Wohlfühlen war das Stichwort, und: Meer. Wir taten also unser Möglichstes, mit Licht und Stranddeko und falschem Wasserrauschen.

Zur Party gehört auch eine Modenschau: Bade- und Sportbekleidung, von Sport Röper, dem Laden nebenan, der natürlich auch sein Stück vom Kuchen abhaben will. Die Veranstaltung ist überlaufen, und bis jetzt ist noch nichts schief gegangen. Ein voller Erfolg also. Trotzdem kann ich mich kaum auf den Beinen halten, weil ich mir zuvor, in der konkreten Planungsphase, einen hinterlistigen Virus eingefangen habe. Es geht mir zwar schon besser, aber lange noch nicht gut. Patrice glaubte bis zuletzt, ich simuliere, weil er inzwischen so seine Erfahrungen mit mir und den Events gemacht hat.

Diese Feier ist unser zweitletzter Auftrag. Alles andere werden wir canceln und Schluss. Das haben wir uns genau überlegt. Die Stimmung ist gedrückt, es riecht nach Abschied.

»Meine Fresse«, sagt Patrice und nippt an seinem Cocktail, »die da hab ich aber nicht bestellt.«

Er verweist mit einer lapidaren Geste auf den improvisierten, entfernt an Schiffsplanken gemahnenden Laufsteg.

»Welche«, frage ich.
»Die dritte von links«, erläutert er und hebt streng die Brauen.
Als die Models ausgesucht wurden, war ich nicht dabei. Ich lag im Bett und hatte Fieber.
»Vielleicht ist eine krank geworden«, mutmaße ich.
»Guck dir doch mal den fetten Arsch an«, regt er sich auf.
Es ist schwül in der Schwimmhalle, mir ist komisch vom grünlichen Flackerlicht und von der lauten Musik. Die Mädchen promenieren akkurat hintereinander her, halten an, präsentieren keck ihre Tops und Shorts und dabei auch sehr viel Haut und Knochen. Die dritte von links trägt einen Badeanzug mit kaschierendem Beinausschnitt. Ich finde sie ziemlich schlank und kann mir nicht vorstellen, dass das Produkt, das sie zur Schau trägt, für Mädchen wie sie gedacht ist. Es ist gedacht für Mädchen, über die man offiziell herziehen darf, wenn sie es wagen, sich in Badeanzügen herzuzeigen.
»Na ja«, relativiere ich.
»Was: na ja«, fragt Patrice aufgebracht, »die kann so was von mir aus bei sich im Garten anziehen, aber doch nicht hier.«
Verständnislos schüttelt er den Kopf.
Das Mädchen schwingt kokett seine roten Locken über die Schulter, posiert und macht kehrt.
 »Welcher Idiot hat die bloß mitlaufen lassen«, grübelt Patrice und kommt gar nicht wieder runter.

»Vielleicht ist sie mit der Chefin verwandt«, schlage ich vor.
»Ach«, schnaubt er, »na und? Das muss man doch sehen, dass das nicht geht!«
Ich schaue dem Mädchen nach und kann nichts Anstößiges an ihr feststellen.
»Das fällt nachher auf uns zurück«, sorgt sich Patrice, »nachher heißt es noch, wir hätten so eine Fettärschige genommen.«
Ich nicke und geniere mich, weil mir offenbar nichts Besseres dazu einfällt.
»Jetzt mal ehrlich: Heutzutage muss sich doch niemand mehr so gehen lassen«, behauptet er, »man kann doch wohl ein bisschen auf sich achten.«
Er führt sich auf, als hätte er dem Mädchen etwas sehr Persönliches nachzutragen.
»Stimmt«, sage ich.
Aus Feigheit.

Es läutete. Jerry stand kauend auf.
»Das ist Rosa«, sagte er, »ihre Mutter hat heute Geburtstag, wir müssen gleich los.«
Er beeilte sich, die Tür zu öffnen.
»Mist, wir sind schon total spät dran«, hallte es durch das Treppenhaus.
»Keine Panik«, beschwichtigte Jerry.
Als Rosa hereinkam, taten wir so, als hätten wir das blöde

Gespräch längst wieder vergessen. Vielleicht war es auch einfach nicht weiter wichtig, und ich bewertete nur wieder alles über. Doch bei mir hinterließ es einen unguten Nachgeschmack.

In dieser Nacht, keine vierundzwanzig Stunden vor der Verabredung, lag ich lange wach und starrte mit weit aufgerissenen Augen an die Decke, als könnte ich das blasse Licht, das ab und an den Scheinwerfern der vorüberfahrenden Autos entwischte, aufsaugen wie eine Medizin. Ich fühlte das Alleinsein ganz stark, auf der Haut, überall, irgendetwas fehlte so sehr, und ich dachte, dass ich schreien müsste vor lauter Fehlen, aber ich tat es nicht, ich konnte mich gerade noch beherrschen, ein Glück.

ZWÖLFTENS.

Natürlich hätte es mir komisch vorkommen können, dass Raffaele extra rausging zum Telefonieren, während ich am Tisch sitzen blieb und bei der Warterei an den Wachsflecken knibbelte. Andererseits muss man sich nicht gleich was dabei denken, höchstens, dass es ein bisschen unhöflich ist, oder dass man noch nicht gut genug miteinander bekannt ist, um sich gleich jeden Scheiß zu erzählen.
Wie dem auch sei, ich meine: Wenn einem alles, was man später weiß, schon zum richtigen Zeitpunkt auffallen würde, dann gäbe es wohl kein einziges Unglück mehr in der Welt. Jedenfalls maß ich dem Vorfall keine weitere Bedeutung zu und hatte ihn, noch bevor der Abend herum war, schon fast vergessen.
Als Raffaele sich auf den Platz mir gegenüber sinken ließ, wirkte er erleichtert, würde ich rückblickend sagen. Damals freute ich mich einfach, dass er da war.
»Das ist richtig ungewohnt«, sagte er, viel unbefangener übrigens, als ich mich fühlte, »so ein geplantes Treffen.«

Wir grinsten uns an. Ich wette, ich war die ganze Zeit über total rot im Gesicht.
»Kann ich euch schon was bringen«, fragte die freundliche Kellnerin.
Wir bestellten Milchkaffee.
»Wie bist du denn eigentlich in der WG gelandet«, erkundigte sich Raffaele, und das hätte alles sein können: Smalltalk, echtes Interesse – oder er wusste, dass ich eigentlich einen Freund hatte. Ich wollte das so schnell wie möglich klären. Ich wollte Patrice aus dem Weg haben. Patrice erschien mir kaum mehr als richtiger Mensch, eher wie eine Altlast aus der Vergangenheit. Ich fühlte mich gemein deswegen, und konnte es doch nicht ändern. Er hatte ja nicht einmal meinen Brief gekriegt.
»Über meinen Exfreund«, erklärte ich ziemlich ehrlich.
Raffaele schaute mich erwartungsvoll an. Ich konnte mich immer noch nicht entscheiden, ob seine Haare nun braun oder sehr, sehr dunkelblond waren.
»Er ist nach Neuseeland gegangen«, fuhr ich fort, »eigentlich nur für ein Jahr. Aber – na ja, ich hatte mir das schon irgendwie gedacht, dass es sich damit erledigt hat. Mit ihm und mir, mein ich.«
Ich hielt den Atem an. Das war die Wahrheit, was ich da redete, nichts als die Wahrheit, und es war so einfach. Es sagte sich ganz von allein.

»Das ist ja bestimmt nicht so einfach«, fand Raffaele.
»Es geht«, relativierte ich, »eigentlich ist es gar nicht so

schlimm. Ich dachte, es würde schlimmer werden. Ich dachte«, da war er wieder, dieser Redereflex, wo hatte ich den bloß auf einmal her, »ich dachte, er würde mir vielleicht, hm, mehr fehlen. Patrice heißt er«, schloss ich. Einen Moment lang war es still, man hörte das monotone Murmeln von den anderen Tischen, und leise Musik sickerte aus dem Nichts, die ich nicht kannte, und dann noch ein ziemlich durchdringendes Mädchenlachen gefolgt von Gläserklirren. Aber zwischen uns war es ganz still, Raffaele sah mich an, aufmerksam, mit seinen hübschen, grünen Augen in seinem hübschen, vollen Gesicht, hier, im schwachen Flackerschein des Teelichts, das uns von unten herauf anleuchtete. Das Teelicht saß in einem Glas, das mit einem glitzernden Zeug gefüllt war. Dekosand, nennt man das wohl. Da guckte ich immer hin, auf den glitzernden Dekosand, wenn ich es nicht mehr aushielt, Raffaele anzugucken.
»Und woher kennst du Shaoe«, fragte ich. Jetzt war ich nämlich dran.
»Ach, von der Uni«, antwortete er vage, »ich hab mal in der Bibliothek gearbeitet und bin da noch so ab und zu.«
Es war eine so anspruchsvolle Aufgabe, ihn genau zu betrachten und sich nichts entgehen zu lassen, alles immer von neuem mit einem Blick nachzuprüfen, die Ecken seiner fast quadratisch geformten Schneidezähne, die man sah, wenn er lächelte, oder die Angewohnheit, wie er kurz mit den Lidern flatterte, wenn er etwas überlegte, oder wie

ihm die Haare zuverlässig zurück in die Stirn rutschten, nachdem er sie weggeschüttelt hatte, dass ich mich kaum darauf konzentrieren konnte, ihn auszufragen. Mit viel Willenskraft schaffte ich es trotzdem einigermaßen.

»Jetzt bin ich dran mit fragen«, ließ ich ihm keine Ruhe, »du weißt jetzt schließlich schon was, na ja, ziemlich Persönliches von mir.«

Ich wollte alles wissen. Alles. Einiges hatte ich schon herausbekommen, die wichtigsten Eckdaten, die nachher von einem überbleiben, aber in die man, um sich etwas darunter vorstellen zu können, noch eine ganze Menge hineinphantasieren muss.

Alter: neunundzwanzig. Geboren in: einem Graubündener Dorf, daran kann er sich aber kaum erinnern, weil er, bevor er in die Schule kam, nach Deutschland gezogen ist. Etwas Schweizerisches hat er überhaupt nicht an sich, außer, dass er manchmal Merci statt Danke sagt, mit der Betonung auf der ersten Silbe. Keine Geschwister. Beruf: Übersetzer, das wusste ich ja schon, von Shaoe.

Es war wie auf den beiden Fahrten mit ihm: Die Zeit rann einem durch die Finger wie Treibsand. Wenn ich den jetzt öfter treffe, bin ich in fünf Minuten siebzig, dachte ich.

Irgendwann waren die Leute alle weg und die Kellnerinnen hatten nichts mehr zu tun. Wir waren die letzten Gäste.

»Und jetzt«, fragte ich, und mir wurde ein bisschen bange zumute, dass der Abend an dieser Stelle gelaufen wäre

und wir einfach nach Hause zu gehen hätten, jeder zu sich, was ja auch nach der ersten Verabredung wirklich zu erwarten gewesen wäre, aber ich wollte das nicht. Ich wollte das einfach nicht.
»Jetzt«, grinste Raffaele schief, mit diesem schönen Grübchen, das ich so gern erwähne, »sollten wir denen ihren Feierabend gönnen.«
»Sieht so aus«, seufzte ich.

Die Tür schlossen sie gleich hinter uns ab.
»Die sind froh, dass sie uns los sind«, stellte Raffaele fest und pustete Wolken in die kalte Luft. Ein dünner Nebel verwischte die Konturen der Häuser und Autos und Laternen wie Weichzeichner.
»Auf jeden Fall«, nickte ich.
»Tja«, machte er, rührte sich aber nicht vom Fleck, obwohl man das ja hätte tun müssen, an dieser Stelle, oder zumindest irgendwas entscheiden.
Und dann sagte ich es.
»Shaoe ist mit Bekannten weg«, redete ich mich um Kopf und Kragen, so kam es mir jedenfalls vor, »und Jerry und Rosa sind übers Wochenende bei Rosas Eltern.«
Wie weit ist es mit dir schon gekommen, dachte ich entsetzt wegen der vielen schlimmen Möglichkeiten, die jetzt eintreten konnten, wie weit ist es mit dir gekommen, dass du so bescheuerte Anmachen nötig hast. Und das Allerschlimmste war: Ich hatte es wirklich nötig. Ich

wurde ganz verzweifelt bei dem Gedanken, dass er fortgehen könnte, weg, nach Hause, das ginge doch nicht, ich brauchte ihn doch, ich musste ihn unbedingt anfassen, unbedingt. Ich habe keine Ahnung, was in dieser Nacht in mich gefahren ist, aber es war heftig genug, um mich zu solcherlei Vorgehensweisen zu treiben.

»Ah«, Raffaele hob die Brauen und staunte, und etwas zu sagen fiel ihm dazu wohl nicht ein.

»Das sollte jetzt keine – ich meine, in Wirklichkeit meine ich: Das sollte jetzt eine Einladung sein«, stammelte ich, und während ich noch so stammelte, schoss mir das Blut in den Kopf, sodass ich förmlich vor mir sah, wie mir höchstwahrscheinlich gerade lauter Adern und Gefäße und andere bedeutende Dinge im Gehirn zerplatzten, das ja sowieso nicht mehr richtig funktionierte.

Jetzt ist es ja wohl auch egal, Patrice hast du abgeschossen, du undankbare Kuh, da wirst du dich noch umgucken, dachte ich bitter, und der hier, das ist ja auch nicht gerade Mister Universum, findet Jerry, und was Jerry findet, finden viele wichtig, also wird wohl was dran sein.

Raffaele starrte mich an, und zwar ganz genau so, als traute er seinen Ohren nicht, wofür ja auch allerhand Grund bestand, wenn man sich das mal so überlegte. Ich wollte sterben, wirklich.

»Oh, wow«, sagte er endlich, und machte immer noch dieses schrecklich ungläubige Gesicht, »okay«, nickte er, »okay«, und nochmal, und dann lachte er.

»Das heißt«, fragte ich beklommen und schluckte.

»Einladung angenommen«, strahlte er und lachte schon wieder. Und ich lachte mit, aber das war reine Hysterie, echt.

Wir tranken einen ziemlich süßen Wein, den keiner haben wollte und der deshalb immer tiefer in die hinterste Küchenecke geraten war, aber da hatte ich keine Wahl, es musste einfach Alkohol sein, ich konnte mir nicht vorstellen, dass ich mich selber sonst überleben würde.

Zuerst war es merkwürdig, wie Raffaele so dastand, in unserer Wohnung, die für mich immer noch einigermaßen neu war, ganz allein, nur wegen mir. Es kam mir vor, als hätte ich erst jetzt richtig mit ihm zu tun, da er mein eigener Besuch war. Mir fiel auf, dass ich noch überhaupt keinen Besuch hier gehabt hatte. Das wurde aber durch den vielen Besuch der anderen mehr als ausgeglichen.

Nach meiner forschen Einladerei fühlte ich mich nun furchtbar unbeholfen. Ich hoffte, dass wir bald betrunken genug wären, um so einiges zu vergessen.

»Welches ist denn dein Zimmer«, fragte Raffaele, und ich war so froh, sonst wäre das wieder an mir hängen geblieben. Man konnte schließlich nicht ewig in der Küche sitzen bleiben.

Ich schaltete die kleine Lampe über meinem Kopfkissen
an. Da ich nur einen alten Schreibtischstuhl besaß, fanden

wir uns ganz natürlich auf dem Bett wieder. Der Wein und die Aufregung hatten meine Knie weich genug gemacht, um mich sofort auf die Matratze fallen zu lassen. Das Glas hatte ich dabei noch in der Hand, es schwappte über und versaute mir die Bettwäsche. Dabei war das mein Lieblingsbezug: mit ganz kleinen Blumen drauf. Mädchenwäsche. Na ja.
Auf einmal war ich unsagbar müde. Ich spürte, wie die Anspannung, die mich den Tag über zusammengehalten hatte, langsam einer trägen Scheißegalstimmung wich. Ganz automatisch sank mein Kopf auf Raffaeles Schulter. Was, wenn er jetzt wegrückt, dachte ich. Aber er rückte nicht weg.
Wir sagten nichts. Ich wagte nicht, mich zu bewegen, aus Angst, er könnte es sich doch noch anders überlegen und nach Hause gehen. Wir rochen nach Rauch und bestimmt auch nach Kaffee und Wein, aber darunter nahm ich etwas eigenes, Feineres wahr. Seine Haut, das musste es sein, duftete nach etwas, das ich nicht genau einordnen konnte. Es war eine Mischung aus frischer Wäsche, etwas Süßlichem, Vanille vielleicht, und zu Hause.
Raffaele roch also nach zu Hause, und in diesem Moment hätte ich alles mit ihm getan, wirklich alles.
Ganz behutsam, ganz, ganz sachte und in winzigen Millimeterschritten wanderte seine Hand von seinem Bein
 auf meins. So was hatte ich noch nicht erlebt: Eigentlich wissen sie immer, was sie wollen, und versuchen sehr be-

stimmt, es zu bekommen. Jedenfalls hatte ich es bislang immer so erfahren.
Raffaeles Finger hingegen balancierten schwindelfrei an der Grenze zwischen Absicht und Versehen entlang. Ein ganz schmaler Grat war das, so viel war mal klar, und obwohl es sich so verdammt gut anfühlte, wusste ich doch, dass kein Trick dahintersteckte, sondern Unsicherheit.
Es kam mir überhaupt so vor, als würde ich auf einmal eine ganze Menge wissen und verstehen, ohne je darüber nachgedacht zu haben.
Das schwerelose Kribbeln über meinem linken Knie, irgendwo unter der Hose und dem Unterrock und dem Rock noch da drüber, dieses ganz leise Angefasstwerden, verselbständigte sich und setzte sich fort, kletterte mir die Innenseiten der Schenkel herauf und tat, oben angekommen, fast weh, wirklich, mir wurde so heiß zwischen den Beinen, dass es brannte.
Gleichzeitig schämte ich mich, das war doch gewiss unangemessen in unserer Lage, wie wir hier einfach nur so saßen, darauf durfte man doch sicher nicht so arg reagieren.
Endlich war sie angekommen, die Hand, kurz über dem Knie, und weil ich nicht protestiert hatte, blieb sie wohl da und bewegte sich weiter, auf der Stelle.
Es war so ruhig, dass einem nichts entging, zum Beispiel, wenn der andere schluckte oder die Zunge mit einem kleinen Geräusch vom Gaumen löste und tiefer Luft holte.

Es war sehr, ich würde mal sagen: intim. Weil man sich selbst nicht verheimlichen konnte.
Ich beschloss, langsam und ein bisschen benommen, mich jetzt einfach zu trauen, ich drehte mich zu ihm hin und lehnte mich gegen ihn, und es funktionierte: Er legte den Arm um mich herum, und die andere Hand blieb zwischen meinen Knien, die ich zur Seite hatte kippen lassen, es war unglaublich. Nun wusste ich nämlich, dass ich alle Freiheiten hatte, mir alles rausnehmen durfte, ich lag doch in seinem Arm, ganz sicher und weich, wie in Wolken oder Watte, bloß wärmer, und ich konnte ihn berühren, wo und wie ich wollte. Trotzdem war es schwierig, eine Überwindung, man fasst nicht so einfach einen neuen Menschen an, einen, den man noch nie angefasst hat. Ich hielt mich lange mit dem Vortasten auf, es drängte einen ja auch keiner.
Raffaele hatte wieder dieses blaue Sweatshirt an, da strich ich mit den Fingerspitzen drüber, und somit auch über diesen fremden, ungewohnten Körper, den ich nur aus der Phantasie kannte. Es war wirklich ungewohnt, anders als Patrice oder so, viel, viel weicher natürlich, und überhaupt viel mehr, insgesamt.
Ich riskierte einen Blick und sah, dass er auch schaute, und zwar bestimmt so verhangen wie ich, und mit diesem duftigen Schmollmund, da konnte ich einfach nicht mehr warten, und er wohl auch nicht, also küssten wir uns, tja, was soll ich sagen: Es passte alles. Wie auf Befehl bahnten

sich meine Hände, die wirklich kein Benehmen kannten, ihren Weg, erst unter seinen Pulli und dann unter das T-Shirt, das er darunter trug. Da hielt er den Atem an und erstarrte ein bisschen, das wäre wohl die treffendste Beschreibung. Ich war offenbar zu weit gegangen und kriegte einen Schrecken und es tat mir schon Leid. Ich hatte Angst, es wäre nun alles dahin.

Ich zog die Hand zurück, und die Spannung ließ nach.

»Hab ich – was falsch gemacht«, flüsterte ich, ganz panisch, das hat man bestimmt merken können.

Er schaute, als ob er eine Entscheidung treffen müsste, für oder gegen etwas Wichtiges. Ich sag es ungern, aber es sah sehr nach der Frage aus: Verarscht die mich oder meint die das ernst. Er war auf jeden Fall auf der Hut.

Allein damit, dass ich betrunken war und überreizt und mich alles so durcheinander brachte, kann ich mir erklären, dass ich, als Antwort auf die Frage, die er gar nicht gestellt hatte, oder beziehungsweise höchstens in Gedanken, seine Hand nahm und ganz oben zwischen meine Beine schob, obwohl es mir peinlich war. Doch das gehörte dazu, dass man es fühlen konnte, die Hitze und alles, ich dachte, dass er dann einfach Bescheid wissen müsste, und überhaupt.

Er sog die Luft zwischen den Zähnen hindurch, wie wenn man ein Pflaster abzieht, und schloss einen Moment lang die Augen. Dann ließ er mich machen, bis er nur noch im T-Shirt dasaß. Mir wurde schwindlig.

Rittlings setzte ich mich auf seinen Schoß und schaute ihn mir an. Unter dem losen Stoff zeichnete sich sein Bauchnabel in Form einer flachen Mulde ab. Ich wollte nicht hinstarren, musste aber irgendwie, es war wie ein Zwang. In Magazinen und im Film und so weiter bekommt man solche Leute ja nicht gezeigt, bei denen sich der Bauchnabel unterm T-Shirt abzeichnet, oder maximal als etwas Neutrales oder als Witz. Mir fiel auf, dass ich das immer für normal gehalten hatte. Dabei war es gar nicht normal. Es war in Wirklichkeit völlig verrückt.
Raffaele sah so schön aus. Ich wusste gar nicht, was ich sagen sollte, obwohl ich sehr wohl etwas sagen wollte, und eigentlich wusste ich auch genau, was, nur nicht: wie. Ich kam mir vor wie jemand, der dauernd zu viel verlangt. Also im Grunde wie ein Mann.
»Raffaele«, wisperte ich, und ich glaube, es war das erste Mal, dass ich ihn mit seinem schönen Namen ansprach, »würdest du mir einen Gefallen tun«, fragte ich, »würdest du – das ausziehen«, ich zupfte am unteren Rand des T-Shirts und genierte und fürchtete mich und war so unerträglich aufgeregt, »bitte? Für mich?«
Mir war schon klar, wie das klang. Bescheuert. Ich weiß selbst nicht, was das sollte, besonders dieses: für mich, da spielte ich mal wieder jemandem ein Selbstvertrauen vor, das ich gar nicht besaß.

Er hob die Brauen und grinste skeptisch.
»Wie bitte«, fragte er.

Mein Mund war auf einmal voller Spucke.
»Ich würd nur gern«, schluckte ich und verwarf den blöden Satz, den ich angefangen hatte, sofort wieder, »du siehst hübsch aus«, sagte ich dann, aber es hörte sich unglaubwürdig an, obwohl ich es haargenau so meinte.
»Hübsch«, wiederholte er und legte den Kopf schräg.
Die Stimmung war erst mal im Arsch und ich auch.
»Mein Gott«, entfuhr es mir gereizt und ich spürte, wie mir tatsächlich beinahe die Tränen kamen, weil mir alles zu viel war und ich wütend auf mich selbst und enttäuscht, dass alles schief lief, »was soll ich denn anderes sagen! Das hab ich grad eben gedacht und dann halt einfach gesagt, okay?«
Jetzt war er an der Reihe, erschrocken auszusehen. Ich biss mir auf die Lippe, um nicht loszuheulen. Dazu bestand ja nun wirklich kein Grund.
Raffaele blickte mich an, streckte eine Hand aus und strich mir mit dem Daumen über die Wange und über die Mundwinkel und über den Hals.
»Okay«, willigte er leise ein und versuchte eine Art tapferes Lächeln.

Er sah fast so aus, wie ich es mir so oft ausgedacht hatte. An den Armen hatte er eine Gänsehaut, weil es nicht besonders warm war im Zimmer, das Altbauproblem, hab ich ja schon erwähnt, und er war nahezu unbehaart, genau, wie ich mir das vorgestellt hatte.

Wenn Patrice sich vor mir ausgezogen hatte, was wirklich ständig vorgekommen war, dann hatte ich daran nichts Außergewöhnliches gefunden. Aber mit Raffaele war es etwas anderes, nicht nur wegen meiner blöden Fragerei, sondern die Sache an sich: die viele, bloße Haut vor mir, dieser ganze Mensch, ich kam nicht daran vorbei, ob ich wollte oder nicht. Ich musste immer hinsehen, ich konnte es einfach nicht lassen, es war mir alles wieder viel zu direkt, zu echt, zu nah, zu viel Reiz, gegen den ich nichts ausrichten konnte. Während ich es bei Patrice mit einer Art geometrischer Symmetrie zu tun gehabt hatte, mit Muskeln und Sehnen und Knochen, wie in diesen alten Gesundheitsbüchern, wo man den anatomischen Zeichnungen die Haut abgezogen hat und nachgucken kann, wie es darunter aussieht, gab es nun alles im Überfluss. Raffaele hatte alles, was die Leute dauernd bekämpfen, die so arg verpönten Extrapolster überall, alles weich und gerundet, die Brust, der Bauch, na ja, das war ja klar, seine Arme und die Hüften, da hat man doch schon ein Bild. Ich musste einfach kapitulieren, alles befühlen, allerorten hinlangen, reinbeißen und festhalten, ich wusste gar nicht, wo ich anfangen sollte, am besten überall gleichzeitig, wie schade, dass man nur zwei Hände und zehn Finger hat, ich hätte auf jeden Fall eine Menge Verwendung für ein paar mehr gehabt.

Sie haben Recht, ging es mir durch den Kopf, dass Sex eine verdammt starke Energie ist, die einen treibt, dabei war ich doch sonst immer eher passiv gewesen, beziehungsweise mit anderen Dingen beschäftigt, aber hier war ich richtig, da bestand nicht der geringste Zweifel. Wir krabbelten unter die Decke mit dem nassen Weinfleck und verfingen uns, vor allem ineinander, wir kamen überhaupt kaum zu Atem, ich schon mal sowieso nicht, ich musste mich ja auch so beeilen, weil die Zeit immer so raste mit diesem schönen Herrn, das hatte ich mir gemerkt, und wer konnte schon sagen, was morgen sein würde. Schließlich zog ich ihn über mich, und sein Gewicht auf mir zu spüren brachte mich um den Verstand, ich hatte auch, ehrlich gesagt, nichts anderes erwartet, und am liebsten wäre ich ganz hineingekrochen in seinen verlockenden, nachgiebigen Körper. Raffaele war mir wie ein verwunschener Ort und wie die reinste Verschwendung. Hier brauchte ich an nichts zu sparen.

Man soll es nicht meinen, aber da ich mich in diesem sehr sonderbaren, sehr aufnahmefähigen Zustand befand, schaffte ich es, zusätzlich sehr zornig zu werden wegen Jerry und seiner Scheißmeinung, die er einfach so sagen durfte, ganz wie selbstverständlich, und dass sie ihm alle glaubten, sogar Raffaele selbst, weil ihm keiner was anderes beigebracht hatte und mir auch nicht, und weil mir darum erst jetzt diese ganze verschissene, verlogene Ungerechtigkeit bewusst wurde, und ich dachte: Das ist doch alles nicht fair, verdammt!

Und dann explodierten ungefähr eine Milliarde Sterne in meinem Kopf, kein Scherz, und es hatte sich mit dem Denken, fürs Erste.

DREIZEHNTENS.

Was ich nicht verstand, oder worüber ich einfach nicht hinwegkam, sodass ich immer wieder darüber nachdenken musste, war, wieso es Shaoe bisher nichts ausgemacht hatte, mit den Männern mitzugehen.
Wenn man viel über etwas nachdenkt, dann geht es einen was an. Vielleicht erinnerte er mich ein bisschen an mich selber, bloß dass ich nicht so konsequent gewesen war und keinen Profit daraus geschlagen hatte.
Mit vierzehn hatte ich nämlich einen obszönen Anrufer. Er rief mich regelmäßig an und begann immer mit etwas Harmlosem. Er wusste sogar, wo ich wohnte und konnte genau beschreiben, was ich anhatte, wenn er mich mal sah. Es war unheimlich. Er wollte jedes Mal wissen, ob neben dem Schlüpfer, richtig, er sagte: Schlüpfer, ob da die Haare rausguckten. Ich legte nie auf, aus Höflichkeit. Vielleicht haben sie Shaoe ja auch versehentlich so erzogen, wer weiß. Obwohl man als Junge doch eher beigebracht bekommt, wie man sich durchsetzt.

Er schien sich jedenfalls aufrichtig zu freuen, über Raffaele und mich.
Und ich? Oh Mann. Ich lief herum und dachte bei jedem Schritt: Raffaele, Raffaele, Raffaele, Raffaele. Ich konnte seinen Namen gar nicht oft genug vor mich hin sagen. Raffaele, das kam mir vor wie ein Zauberwort. Und wenn ich ihn erwähnte, ganz beiläufig, zum Beispiel: Das findet Raffaele auch, oder: Raffaele hat gesagt, dann war das eine ganz andere Sache, als wenn ich von jemand x-Beliebigem gesprochen hätte. Ich hatte immer etwas von ihm zu erzählen, und alles war wichtig.
Was ich jetzt außerdem dauernd hatte, war dieses unstillbare, richtungslose Sehnen. Das kannte ich schon seit Ewigkeiten: Als Kind nannte ich es im Geheimen eine Mischung aus Durst und Heimweh. Es war tatsächlich ein regelrecht körperliches Gefühl, und mit der Beschreibung hab ichs damals gar nicht so schlecht getroffen.
Und nun, endlich, bekam es einen Namen, oder ein Ziel, oder einen Zweck: Raffaele.
Ich sehnte mich nach Raffaele, immer, wirklich immer. Wenn er nicht da war sowieso, aber auch wenn ich ihn bei mir hatte, konnte ich nie nah genug an ihm dran sein.

Manchmal frisst sich die Trostlosigkeit in jede Faser, dann sitzt man da, oder steht, oder liegt, und man kann sich nicht rühren, und es ist alles verkehrt und nichts ist im Reinen. Und jetzt?

Jetzt ist es anders. Ich habe jetzt was zum Drauffreuen. Ich habe höhere Ansprüche entwickelt. Sonst reichte es mir schon, mich nicht fürchten zu müssen, mehr wollte ich gar nicht, weil ich dachte, dass mehr sowieso nicht zu erwarten wäre.

Es war aber nicht gleich alles so toll, wie man vielleicht meinen könnte.
Innerhalb der drei Wochen, die wir uns schon kannten, ich meine: näher kannten, hatte er mich bereits zweimal versetzt, das heißt: kurzfristig abgesagt. Scheiße, oder. Ich kann es selbst kaum erklären, mir nicht und auch sonst nicht, aber ich glaubte ihm, dass er dafür seine Gründe hatte, und ich hoffte, dass er sie mir eines Tages anvertrauen würde. Ich weiß, das klingt mehr nach: sie kriegt mal wieder nichts mit, aber so war es nicht. Eigentlich kriegte ich sogar eine ganze Menge mit, im Vergleich zu früher, seit er da war. Bloß leider nicht alles, aber mal ehrlich: Manches hätte auch wirklich niemand ahnen können.
Manchmal schlug seine Stimmung abrupt um, und man konnte ganz deutlich sehen, dass er Sorgen hatte.
Einmal zum Beispiel. Wir lagen angenehm erschöpft in dem schönen Bett, Raffaele hinter mir, auf der Seite, er hatte die Hand unter meinem Beckenknochen festgeklemmt. Wir waren also ganz dicht beieinander, sodass sein Bauch weich gegen meinen Rücken drückte, was mir

nachträglich so einige elektrisch aufgeladene Schauer die Wirbelsäule hinaufjagte. Ich hätte echt schon wieder gekonnt.
Raffaele grinste, ich spürte seinen Atem in den Haaren.
»Was grinst du so«, fragte ich und kniff ihm in den Arm.
»Ich freu mich«, sagte er, »über dich.«
Ich musste lachen, weil sich das so schön anhörte, und es kam mir gar nicht vor wie etwas, das man einfach so zu mir sagte.
»Fahren wir nachher in die Stadt«, fragte ich, noch ziemlich arglos, weil ich den ganzen Tag frei hatte und er auch. Trotzdem fiel es mir sofort auf: wie er seinen Griff um mich lockerte, nur ganz wenig, aber immerhin, und die Stirn an meine Schulter presste und bestimmt nicht mehr grinste.
»Du«, fing er an, aber es kam weiter nichts, jedenfalls keine Erklärung, »tut mir Leid«, das war alles, »ehrlich.«
Wir regten uns beide nicht mehr. Eine ganz blöde Situation war entstanden, ganz unvorhergesehen, aber das haben blöde Situationen ja häufig so an sich.
»Oh«, machte ich enttäuscht, »ich dachte –«
»Ich hab aber noch ein bisschen Zeit«, sagte er eilig, im Wiedergutmachtonfall, aber wann hilft so was schon mal.
Ich wollte nicht fragen, warum er mich vorher in dem Glauben gelassen hatte, wir wären den ganzen Tag über

verabredet. Ich weiß es nicht. Da gibt es noch so manche Ungereimtheit, und jede Menge Kleinigkeiten, aber inzwischen weiß ich, dass er mir, wenn endlich Zeit dafür ist, alles genau erklären wird, er hat es versprochen. Und da ich jetzt über die Zusammenhänge im Großen und Ganzen Bescheid weiß, bin ich einigermaßen beruhigt. Oder sagen wir mal: habe ich mich an die Umstände gewöhnt.

VIERZEHNTENS.

»Du hattest Recht«, sagte Jerry und hantierte an der Kaffeemaschine herum.

Ich sah von meinem Buch auf.

»Womit«, fragte ich kauend.

»Patrice hat mir geschrieben«, lockte er.

Okay, da war ich schlagartig wach.

»Oh«, machte ich, »und?«

Jerry hob, entweder erstaunt oder als fühlte er sich bestätigt, die Brauen.

»Bei dir hat er sich nicht gemeldet«, wollte er wissen.

Ich schüttelte den Kopf und fühlte mich kribbelig. Es entstand eine komische Atmosphäre.

»Überhaupt nicht«, hakte er noch einmal nach, diesmal wirklich richtig ungläubig.

»Nein«, gab ich zu.

Jerry blieb am Schrank stehen und kratzte sich nachdenklich an der Schulter. Er trug ein T-Shirt und schlabberige Boxershorts, sein Schlafoutfit, wie ich mittlerweile wusste.

»Jetzt sag doch mal«, drängte ich.
»Tja«, begann er unbehaglich, stützte die Hände auf die Arbeitsplatte und überkreuzte die Beine, »schonungslos?«
»Ich bitte darum«, versetzte ich gekünstelt, um meine Aufregung zu überspielen.
»Na ja«, sagte er, »er hat wohl schon, also, er hat das so ausgedrückt: in Erwägung gezogen, länger zu bleiben.«
»Von Anfang an«, erkundigte ich mich, und es wurde mir unwohl im Innern, obwohl ich wollte, dass es mir egal war.
Jerry nickte.
»Sieht so aus. Also, das hat er so anklingen lassen. Aber dass er sich gar nicht bei dir gemeldet hat«, wunderte er sich.
Ich schluckte den Kloß im Hals mit einiger Mühe herunter.
»Zumindest«, versuchte ich, etwas Vernünftiges zu sagen, »ist der Brief angekommen. Und«, fügte ich hinzu, »es ist jetzt alles geklärt, so weit.«
Jerry machte ein Gesicht, als hätte er in etwas Ekliges gefasst.
»Ja, aber – okay, du hast Schluss gemacht. Aber ich wär trotzdem nicht grad begeistert, an deiner Stelle«, erklärte er. Ich fand es nett, dass er ein bisschen auf meiner Seite war. Aber wie gesagt: Eigentlich war er ja sowieso ganz nett.
»Ich hab das ja erst nicht verstanden, mit dem Schlussmachen, aber so im Nachhinein«, er schob ungewiss die Achseln hoch, »scheint es ja das Beste gewesen zu sein.«

Ich nickte, weil ich mich vorübergehend nicht in der Lage sah, etwas zu erwidern.
Jeremiah nahm eine gepunktete Tasse aus dem Schrank und goss sich Kaffee ein. Es machte den Eindruck, als wollte er das Thema damit abschließen.
»Aber ich komm trotzdem nicht dahinter, was du an deinem neuen Stecher«, er schlug sich übertrieben die Hand vor den Mund und grinste, »ups, sorry, was du an deinem neuen Freund findest. Na ja«, plauderte er munter weiter, als wäre nie was gewesen, »mir kanns ja auch egal sein.« War es aber wohl doch nicht, denn er räusperte sich und setzte eine Schlaubergermiene auf. »Ich hätte dich jedenfalls nicht für so eine Frau mit Helfersyndrom gehalten, oder was weiß ich, was das ist. Das hast du doch nicht nötig, so überhaupt nicht«, ereiferte er sich. »Ich meine, man will doch auch ein bisschen Spaß haben, zusammen, wenn du verstehst, was ich meine. Aber«, er friemelte demonstrativ eine Zigarette aus der Schachtel, »es geht mich ja wirklich nichts an. Das muss ja jeder selber wissen.«
Ich hätte was dazu gesagt, das war ja wohl das Allerletzte, aber ich war noch zu verstört wegen der Neuigkeiten. Zu viel Schlechtes auf einmal legt mich immer völlig lahm, ich muss da unbedingt an mir arbeiten.
Stimmt schon, ich hatte mir so was gedacht, mit Patrice.
 Aber wie das so ist mit bösen Vorahnungen: Man tut sie gern als kann-doch-gar-nicht-sein ab. Ich weiß nicht,

ob man das Selbstbetrug oder Optimismus nennen soll. Geändert hat es jedenfalls nichts.
Unser letzter Abend fiel mir ein.

Patrice räkelte sich auf dem Sofa, ganz der Kosmopolit, und blätterte in einer Zeitschrift über Boote.
»Und«, fragte ich, »hast du deine Mutter schon angerufen?«
Ich wusste, dass er es noch nicht getan hatte, und es war schon nach zehn. Er sollte sich also besser damit beeilen.
»Ja«, log er.
»Stimmt doch gar nicht«, fuhr ich ihn an, weil ich ihn nicht verstand.
»Doch, hab ich«, beharrte er, »was willst du eigentlich!«
Seine Mutter tat mir Leid. Sie ist besitzergreifend und leicht zu beleidigen, aber ihr Mann ist vor ein paar Jahren gestorben und Patrice ihr einziges Kind. Ich wollte, dass er sich von ihr verabschiedete, bevor er fuhr.
»Warum rufst du sie denn nicht an«, ärgerte ich ihn weiter.
»Weißt du was«, begann er und funkelte mich frech an, »du kannst mich mal. Ich entscheide verdammt nochmal selber, ob ich meine Mutter anrufe oder nicht, ja!«
Und dann kam mir eine Möglichkeit in den Sinn, die mir so ungeheuerlich erschien, dass ich mir wünschte, sie hätte sich nie in meinen Kopf geschlichen.
Was, überlegte ich, wenn er vielleicht dableiben will.
Wenn er sich darum von niemandem richtig verabschie-

den will. Von mir nicht und von seiner Mutter nicht. Weil das eine Lüge wäre, die eine Nummer zu groß für sein Gewissen ist. Weil er keine Lust auf die Konsequenzen hat. Weil er sich alles offen halten will.
»Okay«, lenkte ich ein, »ist ja deine Sache.«

Mit einem roten Handtuch um den Kopf kam Rosa aus dem Bad getapst. Sie trug einen karierten Herrenpyjama und war barfuß.
»Oh«, erschrak sie milde, »ich wusste gar nicht, dass du noch da bist.«
»Ich fahr heut später«, sagte ich. Vielleicht auch gar nicht, fügte ich in Gedanken hinzu. Ich kann nicht verstehen, wie andere es hinkriegen, geregelt ihr Studium hinter sich zu bringen. Wenn ich so weitermache, sitze ich noch in zwanzig Jahren in irgendwelchen Proseminaren herum und zwischendurch in der Bücherei.
Rosa schlang ihre Arme um Jerrys Taille und verpasste ihm einen Kuss auf den Mund. Er ließ es sich gern gefallen.
»Du bist ja halb nackt«, beschwerte sie sich halb ernst, »mach mir hier nicht die Frauen verrückt.« Beide lachten verschlafen.
Nichts lag mir ferner, das kann man sich wohl denken.
»Ich bin doch nur eine«, grinste ich, allerdings etwas angestrengt, ich stand ja noch unter Schock.
Man amüsierte sich höflich. Oh, wie ich das hasste.

Dieser ganze affektierte Scheiß. Leckt mich doch alle am Arsch.

»Du«, richtete sich Rosa an mich und nippte an dem Kaffee, den Jerry ihr eingeschenkt hatte, »am Wochenende bieten Maria und ich einen Einsteiger-Yoga-Workshop an, da hatten wir uns gedacht: ob du nicht vielleicht Lust hättest, zu kommen?«

Sie schaute mich erwartungsvoll an.

»Oh, das ist nett, aber eigentlich«, wollte ich schon ablehnen, doch dann fiel mir ein, dass Raffaele auch nicht immer Zeit für mich hatte. Wer wusste schon, was ihn am Wochenende wieder davon abhalten würde, mich zu treffen? Ich ging mir selber auf die Nerven, mit allem, besonders damit, dass ich immer so verständnisvoll war, und natürlich am allermeisten, dass ich mich von Patrice hatte verarschen lassen. Oder wie sollte man das anders bezeichnen.

»Eigentlich wollte ich noch was erledigen«, schloss ich lahm, »aber das ist nicht so dringend.«

»Schön«, freute sich Rosa, »das wäre Samstag und Sonntag jeweils von zwölf bis sechs. Mit Pausen, wir haben Erfrischungen vorbereitet und so. Das wird bestimmt schön, war es eigentlich bis jetzt immer, wenn wir so was gemacht haben.«

»Na gut«, stimmte ich zu, fand, dass es unpassend klang, und berichtigte mich, »das ist wirklich nett, dass ihr an mich gedacht habt. Ich freu mich drauf«, trug ich noch

dicker auf und fühlte mich wie eine Idiotin, weil ich sonst nie so redete. Es hörte sich nach Küsschen-rechts-Küsschen-links-Mentalität an.
»Super«, fand Rosa, »sollen wir dich dann am Samstag abholen? Maria wohnt ja quasi um die Ecke.«
Ich war einverstanden, klar. Aber irgendwo weiter innen hatte ich ein schlechtes Gewissen, weil Raffaele und ich eigentlich für den Samstagnachmittag verabredet waren. Besser, er lernt es früh genug, redete ich mir ein, der kann schließlich nicht erwarten, dass ich immer auf Abruf bereitstehe, während er ständig ohne richtigen Grund absagt.
Irgendwas an dieser Argumentation stimmte nicht, und zwar auf einer Ebene, der mit rationalen Überlegungen nicht beizukommen war. Aber ich hatte mich entschieden, und so war es jetzt nun mal. Und fertig.

FÜNFZEHNTENS.

Ich hätte mir ja auch schon mal eher ein paar Gedanken machen können. Ich meine: Eigentlich war es ziemlich offensichtlich, dass es sich damit nicht hatte. Spätestens, seit ich wusste, dass Franko unsere Adresse hatte, spätestens da hätte ich doch hellhörig werden müssen. Bin ich ja auch geworden, aber dann war da auf einmal Raffaele, und ich guckte nur noch durch die rosa Brille.

Und nun machte ich auch noch auf hart und konsequent.
»Es kann einem ja mal was dazwischenkommen«, erklärte ich dem Telefon.
»Ja nein«, man konnte Raffaele seine Enttäuschung deutlich anhören, und das machte es nicht gerade leichter, »sicher, versteh ich. Kein Problem. Vielleicht«, schlug er vor, »am Sonntag?«
»Das geht dann aber erst abends«, informierte ich ihn sachlich, »bis sechs ist der Workshop.«
»Ach so«, sagte er, »das ist an zwei Tagen.«

»Ja«, entgegnete ich schlicht.

»Na ja, dann«, er klang ein bisschen verunsichert, »dann vielleicht abends.«

»Ich ruf dich an, wenn ich wieder da bin, Sonntag, okay«, bot ich an und hätte heulen können. Alles war Scheiße. Alles. Ich weiß gar nicht, woran es lag. Wahrscheinlich an der Sache mit Patrice. Das war jedenfalls eine ganz miese Geschichte. Außerdem hätte ich Raffaele doch auch am Samstagabend schon treffen können. Ich hatte sie doch nicht mehr alle. Andererseits: gleiches Recht für jeden. Leider kam es mir nicht wie ein Recht vor, auf unsere Verabredung zu verzichten, sondern wie eine Pflicht.

»Ja, okay, das – dann sehen wir uns ja vielleicht noch«, sagte er. Ich wusste nicht, wie ich das Wochenende überstehen sollte. Und das hatte ich mir auch noch selbst zuzuschreiben.

»Ich – vermiss dich«, flüsterte ich beklommen in den Hörer.

»Ich dich auch«, erwiderte er, ich glaube, erleichtert, dass ich nicht einfach tschüss gesagt hatte, er ist ja nicht blöd. Er zählt nicht zu denen, die nichts merken. Er wusste gewiss ganz genau, dass was nicht in Ordnung war.

SECHZEHNTENS.

Der Samstag begann so harmlos und trügerisch, wie man es sich nur vorstellen kann.
Es schien sogar die Sonne.
Trotzdem schlief ich bis halb elf, das heißt: Ich blieb bis half elf im Bett liegen und stellte mich tot, weil ich niemandem begegnen wollte. Und weil ich, was Interpretationen angeht, eine hysterische Veranlagung habe, und gern alles dramatisiere, kam es mir vor, als hätte ich es mal wieder vermasselt: Patrice vergraust, Raffaele vergraust, und lange würde es nicht mehr dauern, dann hätte ich auch Shaoe und Jerry vergraust und konnte sehen, wo ich blieb.
Das ist so ein Gefühl, das ich seit Jahren hinter mir herziehe wie Kaugummi am Schuh, zäh und hinderlich: durch eigenes Verschulden ins Hintertreffen zu geraten.
Um Viertel vor elf stand ich auf, weil ich sonst nicht rechtzeitig fertig werden würde, ich sollte nämlich um halb zwölf abgeholt werden.

Ich zögerte es absichtlich hinaus, in die Küche zu gehen. Erst musste ich mich auf Gesellschaftsfähigkeit einstellen. Ich war nicht mehr Patrice' Freundin, also gab ich mir besser die doppelte Mühe. Vielleicht nicht für Shaoe, wir kommen wirklich gut aus. Aber für Jerry und Rosa und Maria und für alle, die hier ein und aus gingen.
Müßig stopfte ich Leggins und ein Träger-T-Shirt, das garantiert zu kalt war, in meinen Rucksack. Na und, holte ich mir eben eine Erkältung, als ob es darauf noch ankäme.
Auf Zehenspitzen schlich ich wie ein Dieb ins Bad.

»Die Bilder sind richtig gut geworden«, sagte Jerry mit vollem Mund.
Er saß mit dem Rücken zur Tür und konnte mich nicht sehen. Shaoe pustete ihm gegenüber in einen Becher Kakao. Der ganze Raum roch danach.
»Morgen«, grinste Shaoe mit übernächtigt geschwollenen Augen.
»Morgen«, erwiderte ich, »warst du gestern weg?«
Shaoe nickte und gähnte hinter vorgehaltener Hand.
»Hi«, grüßte Jerry und drehte sich um.
»Sie sieht viel älter aus, also, älter im Sinne von: erwachsener. Es sind aber überwiegend Schwarz-Weiß-Aufnahmen«, redete er weiter, an Shaoe gewandt, »also war sie wohl doch nicht rothaarig genug.«
Beide lachten.

»Ich könnt mir echt vorstellen, dass sie gute Chancen hätte als Model«, Jerry strich sich vorn über sein ausgewaschenes Muskelshirt. Ich fragte mich, ob Rosa ihn sexy fand. Ich stellte es mir als einen sehr disziplinierten Akt vor, mit ihm zu schlafen. Mit einer Art Choreographie vielleicht, und einer Abfolge unterschiedlicher Stellungen, damit es nicht langweilig wurde. Mir fiel auf, dass ich vergessen hatte, wie man so jemanden anfasst. Ich konnte mich kaum mehr erinnern, wie ich Patrice angefasst hatte. Jerry war braun, glatt, strukturiert und voller Haare unter dem T-Shirt. Shaoe war weniger trainiert, sondern ganz asiatisch, mädchenhafter, ohne Haare. Er rasierte sich die Achseln und sah aus wie gezeichnet. Aber etwas anstellen würde ich mit ihm auch nicht wollen. Ich war schon ganz verwöhnt, nach der kurzen Zeit mit Raffaele, und es wurde nie langweilig, und dazu brauchte es gar keinen Stellungskatalog.

Es tat mir Leid, dass ich ihm abgesagt hatte, sonst hätte ich mich auf den Abend freuen können.

»Na ja, aber da sind solche Fotos vielleicht nicht ganz der richtige Einstieg, oder«, gab Shaoe zu bedenken und biss in sein Croissant. Ich nahm mir ein Glas Orangensaft und setzte mich zu ihnen. Die Sonne leuchtete kühl an mir vorbei und warf meinen Schatten auf den Tisch.

»Wieso, die sind richtig gut, also, ästhetisch«, fand Jerry. Er redete wie ein Talkshowkandidat.

»Du hörst dich an wie ein Talkshowkandidat«, sagte Shaoe.

Mir fiel vor Lachen beinahe das Glas aus der Hand.

»So lustig war das doch jetzt gar nicht«, wunderte sich Shaoe.

»Doch«, widersprach ich.

»Wieso wie ein Talkshowkandidat«, fragte Jerry und zog verständnislos die Oberlippe hoch.

»Die finden das auch immer ästhetisch, wenn sich jemand auszieht«, erläuterte ich.

»Genau«, bestätigte Shaoe.

»Habt ihr euch irgendwie abgesprochen oder was«, entgegnete Jerry halb misstrauisch, halb grinsend.

Wir schüttelten den Kopf.

»Na, dann ist ja gut«, beendete er die Angelegenheit.

»Ich fahr dann heute erst bei Trixie vorbei, bring die DVDs mit, und dann hol ich dich hier ab und wir fahren zusammen los, okay«, plante Shaoe und sah Jerry erwartungsvoll an.

»Wann bist du dann da, so gegen sieben, halb acht«, wollte Jeremiah wissen.

»Müsste hinkommen«, nickte Shaoe.

Jerry lehnte sich zurück.

»Ich bin auf jeden Fall da«, versicherte er und verschränkte die Arme hinter dem Kopf, »find ich auch gar nicht schlecht, dass Maria bei Rosa schlafen will. Rosa war ja jetzt fast die ganze Woche hier, da ist es auch nicht verkehrt, mal ein bisschen Abstand zu haben.«

Mit einem begleitenden Geräusch reckte er sich.

Er hatte schmale Hüften und einen winzigen Hintern, der ganz hart wurde beim Sex, weil er ihn dann anspannen musste. Ich kenne das von Patrice. Es fühlt sich an, als hätten sie Metallstränge unter der Haut, eine Art Stromnetz aus dicken, unempfindlichen Kabeln, die alle sinnvoll miteinander verknüpft sind. Da bewegt sich nichts, was sich nicht bewegen soll. Statik. Beherrschte Körper. Wenn der andere so beherrscht wirkt, dann will ich mich automatisch auch beherrschen. Mit Raffaele hingegen kann man die Beherrschung verlieren, und das ist viel schöner. Das ist wie Hingeben und Verschenken.

»Und du«, fragte Shaoe mich, »du bist ja erst mal mit den Mädels beim Yogakurs?«

»Hm-m«, machte ich zustimmend und trank einen Schluck.

»Und was macht dein Freund, wenn du nicht da bist«, fragte Jerry.

»Ich weiß nicht genau«, antwortete ich.

Mir gefiel nicht, dass es stimmte. Ich hatte keine Ahnung. Ich wusste immer noch ziemlich wenig von ihm, beziehungsweise: So einiges, eigentlich ganz Normales, hatte ich noch nicht getan. Ihn besucht, zum Beispiel. Aber das würde noch kommen, natürlich würde es das. Bisher hatte es sich eben einfach nicht ergeben. So rechtfertigte ich das vor mir selber und hoffte, dass nichts anderes dahintersteckte. Aber was sollte das schon sein.

»Dann pass mal auf, dass die Konkurrenz dir den nicht wegschnappt«, lachte Jerry.

Shaoe verdrehte die Augen.
»Warum sagst du immer so was«, fragte ich ernster als ursprünglich beabsichtigt. Es ging mir so langsam wirklich auf den Geist.
»Weil du echt was anderes kriegen könntest, darum«, erklärte Jerry und hob kokett eine Braue, »was Besseres, andere Liga einfach.«
»Besser gehts nicht«, sagte ich.
Jerry stieß verächtlich und belustigt die Luft aus.
»Huh, dein Heiligenschein blendet mich«, witzelte er und hielt sich schützend die Hand vor die Augen.
»Das ist nur die Sonne«, entgegnete ich ungerührt.

Der Workshop machte Spaß. Wirklich, ich bin ja eigentlich keine Sportskanone, aber ich bewege mich gern, und die Übungen gelangen mir gut. Bei manchen musste man das Gleichgewicht halten können, und das konnte ich, was mich selber überraschte.
Ungefähr zehn Frauen waren gekommen, außerdem ein Mann um die vierzig und ein enorm biegsamer, indischer Junge, der natürlich alles am besten hinbekam. Aber darum ging es ja gar nicht, das betonten Rosa und Maria immer wieder.
Ich musste sie mir trotzdem zwischendurch vorstellen, wie sie bei einer Aerobicstunde Anfeuerverhalten an den Tag legten. Ich weiß nicht, ob das mal wieder nur meine Vorurteile waren.

Zwischendurch vergaß ich sogar fast, an Raffaele zu denken. Wenn er mir wieder einfiel, wurde ich zuerst ganz aufgeregt, doch dann schlich sich die Besorgnis ein, dass er genug haben könnte von mir, weil ich heute keine Zeit für ihn haben wollte.

Obwohl es mir gefallen hatte, war ich froh, als es vorbei war. Genug Geselligkeit für heute. Ich wollte nach Hause und mich langweilen.

»Das ist ja richtig gut gelaufen«, freute sich Maria und bürstete sich vor dem Spiegel die schönen, schwarzen Haare.

»Find ich auch«, stimmte Rosa zu, die auf der Bank im Umkleideraum saß und wartete, dass Maria fertig wurde, »wenn die Atmosphäre morgen wieder so ist, können wir superzufrieden sein. Das ist auch ziemlich gute Werbung, ich kannte fast keinen von denen.«

»Ich auch nicht, außer Denise«, sagte Maria und steckte ihre Bürste ein.

»Willst du echt nicht mehr mitkommen«, wandte Rosa sich an mich, »wir haben auch gar nichts Großartiges mehr vor, bloß einen netten, ruhigen Abend.«

»Frauenabend«, grinste Maria.

»Wir wollten uns noch Pizza backen und so«, führte Rosa aus.

»Das ist wirklich nett«, sagte ich, und kam mir schon wieder blöd vor, weil ich diesen Satz neuerdings ständig aussprach, »aber ich wollte eigentlich nach Hause fahren.«

»Sag mal, bist du nicht mit dem einen Bekannten von Shaoe zusammen«, fragte Maria und drehte sich zu mir um.

»Ja«, sagte ich und hätte schon wieder rot werden können vor Rührung, weil jemand Raffaele erwähnt hatte, »aber noch nicht lange.«

»Ach so, noch nicht lange, dann versteh ich das. Weil«, erklärte sie, »ich dachte erst, dein Freund wär ein Freund von Jerry.«

»Das ist mein Exfreund«, sagte ich unbehaglich, weil ich nicht wusste, was sie wirklich von mir hielten. Ohne Referenzen, sozusagen.

»Patrice«, warf Rosa ein, »hast du bestimmt schon mal gesehen. Blond, sportlich.«

»Patrice«, überlegte Maria, »ja, kann sein. Kurze Haare?«

»Ziemlich«, sagte ich.

»Ist das nicht irgendwie komisch«, fragte Maria, »wenn man in der WG vom Freund des Exfreunds wohnt?«

Sie schulterte ihre Tasche, und wir waren aufbruchbereit.

»Es geht«, gab ich zögernd Auskunft und rieb mir verlegen die Schläfe, »erst wars ja noch nicht mein Exfreund. Ist alles ein bisschen kompliziert.«

Dabei war es das ja gar nicht. Im Gegenteil, es war eigentlich ganz einfach: Freund geht nach Neuseeland, Beziehung liegt mehr oder weniger auf Eis, Freundin lernt jemanden kennen, was dem Freund wohl ganz gut zupass kommt. So einfach war das, aber es zwickte immer noch,

wenn es mir bewusst wurde, und ich wollte nicht darüber reden.
»Geschichten, die das Leben schreibt«, sagte Maria.

Als ich vor der Haustür stand und sie wegfahren sah, fiel mir ein Stein vom Herzen, wie immer. Wenn ich nur ein bisschen geselliger wäre, dachte ich, nur ein ganz kleines bisschen. Dann wäre vieles einfacher.

Oben lief mir Shaoe entgegen.
»Ach, du bist das«, begrüßte er mich und ließ die Schultern hängen.
»Nette Begrüßung«, erwiderte ich, »ich dachte, ihr wärt schon unterwegs?«
»Ja«, bestätigte Shaoe und drehte hilflos die Handflächen nach oben, »das dacht ich auch.«
»Wie«, fragte ich komplett ahnungslos.
»Jerry ist nicht da, dabei hat er doch heute Morgen gesagt, er wär auf jeden Fall zu Hause, oder? Wir hatten doch gesagt: sieben, halb acht?«
Ich nickte. So hatte ich das auch in Erinnerung.
»Er ist aber nicht da«, wiederholte Shaoe und sah sich um, als hätte Jerry sich hinterm Kühlschrank oder im Ramschraum versteckt, »dabei ist es jetzt schon fast acht, und der ist sonst immer total zuverlässig, was Uhrzeiten und so angeht.«
»Hm«, machte ich ratlos.

»Ich versteh das nicht«, Shaoe schüttelte den Kopf und machte keinerlei Anstalten, sich aus dem Flur wegzubewegen. Er hatte sich ausgehfertig hergerichtet, ganz in Schwarz, mit einem Haufen Armbändern um die Handgelenke.
»Hast du schon auf dem Handy angerufen«, fragte ich.
»Hab ich«, sagte er, »das ist aus.«
»Hm«, dazu fiel mir nun auch nichts mehr ein, »wart doch einfach noch eine halbe Stunde oder so, vielleicht ist er bis dahin ja wieder aufgetaucht.«
Shaoe zuckte die Achseln.
»Bleibt mir ja nicht viel andres übrig. Scheiße«, regte er sich auf, »ich hab gesagt, wir kommen so gegen acht.« Er zerzauste mit den Fingern seinen orangen Pony. »Das sind so Leute, wo wir hinwollen, die fangen immer früh an. Und nachher haben die schon alles weggeraucht und weggesoffen, bis wir da sind«, beschwerte er sich, »das nervt.«
»Hm«, machte ich zum dritten Mal, »keine Ahnung. Wir überlegen gleich mal, ja? Ich muss mal eben telefonieren.«
Ich nahm das Telefon mit in mein Zimmer und schloss die Tür.

Dass ich Raffaele von Shaoes und Jerrys verunglückter Verabredung erzählte, war ein ziemlicher Zufall. Eigentlich hatte ich ihn angerufen, weil mich immer noch, oder schon wieder, mein schlechtes Gewissen plagte, das ich gar nicht haben wollte, und ich ihn so sehr vermisste,

dass ich es nicht mehr aushielt, obwohl ich mich darüber ärgerte.
»Ich wollte einfach nochmal kurz anrufen«, sagte ich unbeholfen und hielt den Hörer mit beiden Händen ganz fest an mein Ohr.
»Das freut mich«, erwiderte Raffaele, und es klang weniger förmlich, als es scheint.
Ich wollte jetzt gern etwas Schönes sagen, aber mein Kopf war Wüste.
»Eigentlich sollte ich mit auf dieses Fest gehen«, log ich deshalb vor mich hin, »aber dann ist Jerry nicht gekommen, der wollte uns abholen. Shaoe ist richtig sauer, weil wir nicht loskönnen, ohne Jerry.«
Ich fand es angebrachter, irgendeinen Quatsch zu erzählen als überhaupt nichts.
Raffaele schwieg.
»Bist du noch da«, fragte ich unsicher.
»Ja«, antwortete er und räusperte sich, »Scheiße.«
»Was«, fragte ich.
Ich glaubte, ihn nachdenken zu hören.
»Raffaele«, fragte ich.
»Kann ich – ich ruf dich gleich nochmal an, ja«, sagte er gehetzt.
Ich hatte keine Ahnung, was los war.
»Du«, versuchte ich, ihn am Auflegen zu hindern, »warte mal. Das mit dem Fest, das stimmt nicht. Ich sollte gar nicht mitgehen. Ich wär einfach zu Hause geblieben.«

Ich biss mir auf die Lippe, bis sie vorübergehend taub wurde.
»Warum sagst du mir das«, er klang ungeduldig oder überfragt oder ich-weiß-nicht-was.
»Ich wollte nur – ich wollte, dass dus weißt«, stammelte ich.
»Okay«, sagte er.
»Rufst du nochmal an«, fiel ich ihm absichtlich auf die Nerven.
»Ja. Bis gleich«, und das war alles, dann klickte es in der Leitung, und er war weg.
Ratlos hörte ich mir das Piepen an, das darauf folgte.

Ganz leise und behutsam öffnete ich die Tür. Wenn einen etwas durcheinander gebracht hat, ist das manchmal nötig: alles mit Bedacht zu tun. Weil man vielleicht sonst alles Mögliche zuschanden schlagen würde.
»Ich habs nochmal auf dem Handy probiert«, erklärte Shaoe und tigerte unruhig im Flur auf und ab, »es ist immer noch aus.«
Er blieb stehen und sah mich an.
»Ich versteh das wirklich nicht. Der wollte da unbedingt hin, unbedingt, der war so richtig partygeil, nachdem Rosa jetzt so oft hier gepennt hat. Echt«, fügte er nachdrücklich hinzu.

»Wir können ja vielleicht Tee trinken und noch ein bisschen warten«, schlug ich vor.

Shaoe rieb sich über die Arschtaschen seiner schwarzen Jeans und nickte.
»Warum nicht«, war er einverstanden.

Ich ließ Wasser in den Wasserkocher laufen und schaltete ihn an.
»Von wem ist denn die Kinderschokolade«, rief ich.
»Hab ich gekauft«, sagte Shaoe und setzte sich verkehrt herum auf einen Küchenstuhl, mit den Armen auf der Lehne.
Ich nahm mir einen Riegel, es waren die großen, nicht die, die in diesen tafelförmigen Schachteln stecken.
»Geht mir das alles auf den Sack«, nörgelte er und trommelte mit den Fingern auf dem Holz herum. Ich guckte dem Wasser beim Heißwerden zu.
»Wartest du noch auf einen Anruf«, fragte er und deutete auf das Telefon, das ich auf dem Tisch abgestellt hatte.
»Raffaele wollte sich nochmal melden«, sagte ich.
Das Wasser kochte. Ich nahm drei Beutel Orangentee aus der Packung und hängte sie in die Gemeinschaftsthermoskanne. Ich fand, dass ich mich, insbesondere für meine Verhältnisse, schon sehr gut eingefügt hatte, ins WG-Leben, alles in allem.
»Gibts eigentlich irgendwas Neues«, begann ich, weil ich es ausnutzen wollte, dass wir mal wieder allein waren, das hatte sich in der letzten Zeit kaum ergeben, »ich meine, du weißt schon?«

Er schaute auf.
»Frag lieber nicht«, riet er mir verhalten und hörte mit dem Getrommel auf.
»Wieso«, wollte ich wissen.
»Ach«, machte er ausweichend.
Nach einer Bedenkpause sprach er weiter.
»Der akzeptiert das nicht«, fing er schließlich an, »dass Schluss ist. Er hat nochmal angerufen.«
»Und«, fragte ich und bekam ein schlechtes Gefühl, als hätte ich zwischendurch etwas Wichtiges verpasst.
»Das war vorgestern. Bis dahin dachte ich schon: Er hats verstanden. Ende. Tja, von wegen. Immer heißt es: dein Freund, dein Freund«, Shaoe äffte einen weibischen Tonfall nach, »und immer sag ich ihm: Das ist nicht mein Freund, kapier es doch endlich. Nein, kapiert er natürlich nicht.«
»Oh«, machte ich unglücklich. An seiner Stelle würde ich mir in die Hose scheißen vor Angst.
»Glaubst du, der verfolgt dich oder so was«, fragte ich blöd.
Er hob die Schultern und zupfte sich am Ohrläppchen.
»Hör bloß auf. Ich glaub aber nicht, dass er irgendwie, na ja, dass er irgendwie was ernsthaft – was Ernsthaftes machen würde«, beschwichtigte er uns beide, »ich kenn ihn ja nun schon eine Weile. Aber«, er hustete, »unangenehm ist es schon.«
»Find ich auch«, nickte ich heftig, »unheimlich.«

Das synthetische Klingeln des Telefons fuhr mir durch sämtliche Glieder.

»Telefon«, bemerkte Shaoe und grinste.

Ich ging ran.

»Nancy«, fragte Raffaele.

»Ja«, fragte ich zurück.

»Hör zu – ist Jerry aufgetaucht«, er klang aufgebracht, ich wusste nicht, was ich davon halten sollte.

»Nein«, gab ich zu und fühlte mich verantwortlich.

Er atmete hörbar aus.

»Ich hab«, begann er und brach gleich wieder ab.

Ich hielt die Luft an.

So hatte ich ihn noch nicht erlebt, nicht so richtig. Er klang wie jemand, der nicht zu beruhigen war. Ich kannte ihn bisher als sehr höflich und besonnen.

Nur einmal hatte es Streit gegeben, zwischen Jerry und ihm, was heißt Streit: eher eine gereizte Situation. Da warteten wir auch gerade auf den Tee, der noch ziehen musste, Raffaele und ich, vielleicht musste ich deshalb daran denken. Oder weil er so komisch klang. Oder beides. Ich weiß nicht.

Wir sitzen also am Tisch, und Jerry kommt rein. Sonst ist niemand zu Hause, aber Rosa wird bald heimkommen, von der Arbeit. Sie will Kuchen mitbringen, und darum macht Jerry jetzt Kaffee, damit der fertig ist, wenn sie eintrifft. Ich finde das sehr idyllisch.

Raffaele steht auf, um schon mal die Zuckerdose zu holen, die sich gewohnheitsgemäß neben der Kaffeemaschine aufhält. Er wartet wohlerzogen, bis Jerry fertig ist mit Wasser einschütten, Filter falten, Pulver reinlöffeln. Jerry hält inne, mit dem vollen Löffel in der Hand, und seufzt. Er macht keine Anstalten, fortzufahren.
»Ist was nicht in Ordnung«, fragt Raffaele, und zwar vorsichtig, nicht unverschämt.
Jeremiah dreht sich um und sieht ihn direkt an, mit der Sorte Blick, die man für ungezogene kleine Kinder bereithält, die zum hundertsten Mal die gleiche Frage gestellt haben.
»Ich kann das nicht haben, wenn jemand hinter mir steht«, erklärt er, als wäre es das Normalste von der Welt.
»Okay«, sagt Raffaele, hebt versöhnlich die Brauen und die Hände und geht einen Schritt zur Seite.
»Er steht doch gar nicht hinter dir«, merke ich an, weil mir seine Art nicht gefällt, neuerdings werde ich schon mal richtig übermütig oder vielleicht auch nur apokalyptisch, wie auch immer, »er steht neben dir.«
Jerry schaut mich an.
»Ja und«, entfährt es ihm, »das macht ja wohl keinen Unterschied, oder.«
»Doch«, grinst Raffaele, der eine starke Neigung hat, in angespannten Situationen zwanghaft etwas Lustiges zu sagen, was ich so toll finde wie: ich kanns gar nicht sagen, sehr toll jedenfalls, »einen geographischen. Hinter

dir wäre also quasi, sagen wir mal: Südwest, aber in Wirklichkeit bin ich eher südöstlich, zum Beispiel.« Er verweist mit dem Finger auf imaginäre Standpunkte auf einer imaginären Karte auf dem angestaubten Küchenboden.
Ich muss lachen.
Jerry nicht, er sieht aus wie jemand, über den man sagt: Ihm platzt gleich der Kragen.
»Kann ich jetzt vielleicht mal in Ruhe hier weitermachen«, beklagt er sich, und das auch noch ziemlich laut.
»Also, mich persönlich störts nicht«, konstatiert Raffaele großzügig und macht ein harmloses Gesicht. Er schüttelt sich die Haare aus der Stirn und lehnt sich mit aufreizender Lässigkeit an den Schrank, ich weiß nicht, wie er das macht. Ich könnte ihm, was natürlich gerade restlos unangebracht wäre, schon wieder die Zunge in den Hals schieben.
»Wenn du glaubst«, sagt Jerry jetzt sehr ruhig und gefährlich leise und ordentlich, »dass du hier irgendwas mit deinen Witzen kompensieren musst, oder kannst, dann würd ich mal sagen: Da vertust du dich.«
Treffer, um Raffaeles hübschen Mund bildet sich ein bitterer Zug, und er schaut weg. Gleichzeitig kann man es unter der Oberfläche brodeln sehen, und er erinnert mich ein bisschen an mich selbst, wenn ich kurz davor bin, aus der Haut zu fahren und mich ganz zu vergessen, alles entzweizuschlagen, was sich mir in den Weg stellt, und gerade noch die Notbremse ziehen kann.

Die guten Manieren oder vielleicht auch die allgemeine Konditionierung haben mich jedoch bislang davon abgehalten, umfänglichere Missgeschicke loszutreten.
Ihn offensichtlich auch.
Ich weiß nicht, warum Jerry so eifersüchtig war. Vielleicht, weil ich ihm einfach nicht zugestand, was er für sich beanspruchte, und das auch noch, obwohl ich mich so anstrengte, alles richtig zu machen. Ich hätte ihn bloß ein bisschen bewundern müssen, das wäre schon alles gewesen. Aber dass dann zusätzlich noch jemand daherkam, der ganz anders war als er und ihm trotzdem überlegen, damit konnte er nicht leben. Fassungslos stand er vor uns, wenn wir uns hemmungslos anstrahlten und den ganzen Spaß auf einmal verschwendeten, der für zwei Menschen vielleicht als Ration für ein halbes Jahr gedacht war, wer weiß, und wollte es einfach nicht glauben.
Es tut mir ein bisschen Leid, dass ich Jeremiah immer als den letzten Arsch hinstellen muss. Eigentlich ist er das nicht. Er weiß es wohl einfach nicht besser.

»Ich hab eine Vermutung«, brachte Raffaele endlich hervor.
»Wie meinst du das«, fragte ich irritiert und zog mir eine Reihe frischer Sorgenfalten zu.
Shaoe betrachtete mich aufmerksam.
 Ich wusste nicht, was ich sagen sollte.
»Keine gute«, fuhr Raffaele fort, »ich – es ist nur eine Idee.«

»Wegen Jerry«, hakte ich noch einmal nach, weil ich nicht mehr ganz mitkam.
Shaoe staunte mich an.
»Ja«, bestätigte Raffaele, und es schien ihm schwer zu fallen.
»Ja«, wiederholte ich stumpfsinnig, »dann«, aber dann fiel mir nichts mehr ein.
»Es ist vielleicht am besten«, sagte Raffaele, »ich komm bei euch vorbei.«
»Jetzt«, fragte ich, und das war ja wohl das Dümmste, was ich hätte fragen können, das Allerdümmste, das Allerallerdümmste.
»Ich kann das schlecht am Telefon erklären«, das klang, als hätte er Wort für Wort eine lange Strecke zurückgelegt. Seine Stimme vibrierte leicht.
»Ja«, brachte ich nur heraus, ich bebte innerlich, und erwartete schon, dass jeden Moment meine Zähne aufeinander klackern und ein blödes Geräusch machen würden, wie wenn man Schüttelfrost hat, »wir sind ja hier.«
Wir sind ja hier, oh Mann. In Wirklichkeit ging mir etwas ganz anderes durch den Kopf, nämlich, dass ich verrückt wurde vor lauter Uninformiertheit und Vermissen. Und vor Erschöpfung, weil der Tag in ungewohnter Gesellschaft doch recht lang gewesen war. Ich bin immer auf das Schlimmste gefasst, das macht das Leben so anstrengend.

»Gut«, sagte er knapp, »okay.«

Shaoe hielt es kaum aus vor Spannung.
»Was ist denn jetzt mit Jerry«, wollte er umgehend wissen.
Ich strich mir mit beiden Händen die Haare aus dem Gesicht und versuchte, das schwere, ungesunde Herzklopfen zu unterdrücken, das mir bis in den Schädel hallte.
»Keine Ahnung«, musste ich ihn enttäuschen, »Raffaele sagt – ich weiß nicht genau. Er will vorbeikommen.«
»Raffaele«, fragte Shaoe, und setzte eine ungläubige Miene auf. Seine Augenbrauen verschwanden dabei komplett unter dem abstehenden Haarwust.
»Ich verstehs auch nicht«, gestand ich.
»Ich versteh so langsam gar nichts mehr«, stimmte er zu und hörte gar nicht mehr auf, den Kopf zu schütteln.

Vier Kinderriegel später war er endlich da. Zeit ist ein dehnbarer Begriff, und in Sachen Dehnbarkeit zeigte sie sich an diesem Abend von ihrer besten Seite.
Kaum zehn Minuten waren vergangen, Raffaele musste sich sofort auf den Weg gemacht haben, und trotzdem: Es war ewig her, dass ich ihn am Telefon gehabt hatte, da konnte mir keiner was erzählen.
Wir hätten ihn am liebsten angeschrien, dass er uns um Gottes willen aufklären möge, doch zunächst einmal war nichts aus ihm herauszubekommen.

 Rückblickend gibt es übrigens nur einen Grund dafür, dass wir so überreagierten, bloß weil Jerry mal nicht pünktlich war: Es war das schlechte Gewissen im Voraus, das einen plagt, wenn man insgeheim überzeugt ist, etwas Bedeutendes unterlassen zu haben.

Raffaele zog seine Jacke nicht aus.
In der Jacke setzte er sich also zu uns an den Tisch, breitete sorgfältig alle zehn Finger vor sich aus und schaute sie an. Er rührte sich nicht, doch ich konnte sehen, wie tief er atmete. Es gab keine eigentliche Begrüßung zwischen uns. Ich war viel zu befangen, um etwas zu sagen.
»Hallo«, machte Shaoe schließlich den Anfang und wedelte mit der flachen Hand vor Raffaeles Gesicht, wie man es bei Leuten tut, die hypnotisiert sind oder die man in Gedanken wähnt.
Raffaele war ganz eindeutig nicht nach lustig zumute, also war das hier mehr als eine angespannte Situation, so viel wurde mir direkt klar.
»Ich muss euch was erklären«, warnte er uns, so leise und so kontrolliert wie vor den vielen, vielen Minuten, die inzwischen vergangen sein mussten, und sah dabei nicht auf.
Er war mir richtig fremd, in dem Moment. Wir starrten ihn an. Es kam aber nichts von ihm.
»Kannst du vielleicht mal endlich sagen, was los ist«, verlangte Shaoe mit Nachdruck, einigermaßen laut, es riss ihm beinahe der Geduldsfaden.
Eine Pause folgte, was sonst, in der exakt ein Auto

draußen vorbeirauschte und die Küchenuhr unermüdlich weitertickte, ins Ungewisse hinein oder vom gerade Gewesenen weg, wie mans nimmt.

»Das ist nicht so einfach«, schob Raffaele seine Erklärung vor sich her.

»Okay«, willigte Shaoe ein, »du hast fünf Minuten. Tee, Kinderriegel?«

Er machte eine ausladende Geste und versuchte, so zu tun, als ob nichts wäre, jedenfalls nichts Wichtiges. Aber vielleicht war es das ja auch gar nicht. Vielleicht käme Jerry gleich zur Tür herein und alles wäre in Ordnung. Leider bliebe dann immer noch Raffaeles Andeutung übrig, von der ich nicht einmal ahnte, was sie zum Inhalt haben könnte.

Endlich grinste er, fast wie sonst, bloß ein paar Lidschläge verschleppt, zeitverzögert, wie gebannt, sozusagen. Er wickelte bedächtig einen Schokoriegel aus und wurde gleich wieder ernst.

»Ihr werdet mich hassen«, sagte er.

Das Schlimme daran war, dass es überhaupt nicht lächerlich klang, oder kokett, solcherlei Aussprüche sind ja bei theatralisch veranlagten Teenagern an der Tagesordnung, aber nicht bei erwachsenen Menschen. Raffaele meinte, was er sagte, daran ließ er uns keinen Zweifel.

»Das ist doch Quatsch«, widersprach ich hilflos.

 Ich hatte immer noch das schlimme Herzklopfen, es wurde sogar so arg, dass ich fürchtete, es könnte irgendwas zerspringen, innen, manchmal bin ich ziemlich hypochondrisch.

Da sah er mich an, Gott sei Dank, wollte ich schon denken, aber er schaute her zu mir mit diesem Hellseherblick, wie ihn nur Pessimisten haben, wenn sie zu wissen glauben, dass es schlecht ausgehen wird mit ihnen.

»Okay«, gab er sich kooperativ, und ganz plötzlich sehr gefasst, er guckte uns direkt ins Gesicht, vom einen zum andern, und machte einen entschlossenen Eindruck, »ich hab da eine Vermutung, wo wir – wir sollten – also, es könnte wirklich was passiert sein, wir sollten zumindest sichergehn, ich meine: ausschließen«, hier hielt er kurz inne, »dass nicht wirklich – vielleicht lieg ich ja auch falsch. Vielleicht. Bestimmt.«

Shaoe starrte ihn immer noch an, und zwar mit offenem Mund, ich hätte fast gelacht, aber es war nicht lustig, überhaupt nicht, es war im Gegenteil ganz grotesk, dabei tappte ich da ja noch völlig im Dunkeln.

»Raffaele«, fing Shaoe mit einer der tausend Fragen an, die mir im Kopf umherschwirrten, »wovon um Gottes willen redest du?«

Mir fiel auf, wie müde Raffaele aussah. Sehr schön, aber müde. Wie jemand, der eine große Anstrengung hinter sich gebracht hat, oder wie jemand, der eine unabänderlich schlechte Nachricht entgegenzunehmen bereit ist. Ich wagte nicht, ihn zu berühren, und fürchtete mich sehr davor, was noch kommen würde.

Er ließ die Hände in den Schoß sinken.
»Franko«, sagte er.

Wenn es sich nicht so albern anhören würde, könnte ich es am besten so beschreiben: Shaoe fiel die Kinnlade runter. Er wurde blass, das konnte man deutlich erkennen, im etwas diffusen Licht unter der Küchenlampe, ich glaube, es steckte einfach eine falsche Birne drin, eine mit einer zu geringen Wattzahl, und er riss die Augen auf, bis sie beinahe rund waren, schwarz und rund, und das will einiges heißen, in seinem Fall.
Ich persönlich empfand nichts – gar nichts. Ist das nicht eigenartig? Ich wartete darauf, dass mir jemand ein paar Informationen einflößen würde. Ein komisches Gefühl.
»Ich kann euch das erklären«, sagte Raffaele, als müsste er sich rechtfertigen, »aber später, okay? Später«, fuhr er fort, »jetzt sollten wir –«
Shaoe unterbrach ihn.
»Franko«, herrschte er ihn an und stand halb von seinem Platz auf, »Franko? Woher – ich fass es nicht – woher weißt du –« Irritiert richtete er seine Aufmerksamkeit vorübergehend auf mich. »Oder hast du –«
Heftig schüttelte ich den Kopf. Ich hatte niemandem etwas verraten.
»Ich weiß gar nichts«, rief Raffaele dazwischen, und ich bekam beinahe einen Schrecken, wie er wirken konnte, ganz verändert, und vor allem sehr bestimmt, »aber das

gehört jetzt auch nicht hierhin, okay? Hör mal«, er senkte die Stimme geringfügig, gerade so viel, um Shaoe nicht weiter zu reizen, »ich weiß nur, dass ihr euch kennt, ja? Und ich hätte – ich weiß halt, dass der son bisschen ausgetickt ist, wegen –«

Shaoe ließ ihn nicht ausreden. Er sprang auf.

»Was erzählst du da eigentlich«, brüllte er und wurde unterdessen tief rot im Gesicht, »was soll die ganze Scheiße! Was bist du denn fürn Wichser, dass du mir nichts davon sagst, dass –«

Raffaele erhob sich, und da hatte Shaoe natürlich keine Chance, Raffaele war erstens größer als er, und zweitens kräftiger sowieso, und die Schreierei nützte ihm gar nichts.

Doch sein wunder Punkt war getroffen, und der Schalter war einmal umgelegt, und er hätte auf Raffaele eingeprügelt vor lauter Ertapptsein und Entsetzen, wenn der ihn nicht eben noch rechtzeitig bei den Handgelenken gepackt und gegen die Wand gedrückt hätte, gleich neben dem Türrahmen.

»Jetzt komm mal wieder runter, ja«, forderte Raffaele ihn auf, »ich kann das alles erklären, ehrlich.« Hier brach er ab. Shaoes Lippen zitterten vor Wut. »Außerdem«, sprach Raffaele weiter, es klang bemüht, »hast du das ja wohl auch alles nicht so ernst genommen, oder was! Du hast das einfach so laufen lassen!«

Shaoe schien sich allmählich wieder in den Griff zu

kriegen. Langsam ließ Raffaele von ihm ab, und ich rechnete schon mit allem, doch es geschah nichts.
»Das stimmt nicht«, widersprach Shaoe heiser und räusperte sich. »Außerdem geht dich das einen Scheiß an.«
Er rieb seine Handgelenke, auf denen sich die weißen Abdrücke rosa färbten.
»Ach ja«, lachte Raffaele bitter auf und tat einen Schritt rückwärts. Unschlüssig standen sie voreinander.
Und ich? Ich konnte nur sitzen und mir das alles angucken. Wie hinter Glas.
»So«, begann Shaoe und holte tief Luft, »und jetzt? Was machen wir jetzt?«
Es war eine Angelegenheit zwischen Shaoe und Raffaele, in der ich nichts zu suchen hatte. Ich erwartete fast, dass sie jetzt etwas beschließen und mich einfach hier zurücklassen würden. Aber ganz so war es dann doch nicht.
Raffaele wischte sich die Haare aus den Augen und drehte sich zu mir um.
»Ich werd euch das erklären«, er wandte sich an Shaoe, »wirklich.«
Man konnte kaum glauben, dass vorhin, vor einer halben Minute oder was weiß ich, noch alles ganz anders ausgesehen hatte. Auf einmal saßen wir alle wieder im selben Boot.
»Wir fahrn am besten mit meinem Wagen«, schlug Raffaele vor und schaute dabei drein, als sei ihm sehr daran gelegen, dass wir einverstanden waren. Er wollte nichts

mehr bestimmen. Er wollte, was immer er vorhatte, um keinen Preis allein machen müssen. Genau so schien es. Shaoe tat gleichgültig.
»Alles klar«, bemerkte er resigniert, »ich geh nochmal kurz aufs Klo.«
Raffaele ließ sich schwer auf seinen Stuhl fallen und war wieder mal alles zugleich: sehr präsent und sehr verloren.
»Und du«, fragte er mich, »kommst du mit?«
Indem er mich ansprach, hatte er mich wieder ein bisschen sichtbarer gemacht. Ich nickte und suchte seinen Blick. Er schaute zurück.
Es gibt nur ganz wenige Gelegenheiten, bei denen man jemanden vorbehaltlos betrachtet. Ohne Wertung, Urteil, Meinung, einfach nur rausguckt aus sich selber und das Bild vom anderen aufnimmt wie auf Film: Es ist nicht wie die Wirklichkeit, die kann man ja nicht fassen, aber nah dran ist es doch, jedenfalls im Vergleich zu der Perspektive, wie man sie sonst einnimmt. Der Mensch hat ja normalerweise immer was zu meinen.
Doch jetzt erging es mir so: Ich dachte nichts, ich schaute nur, und somit gab es eine Menge Raum für die Registrierung von Einzelheiten, kein Zwinkern entging mir, kein Zucken um den Mund. Jede Bewegung spielte sich sehr ausführlich vor mir ab, als hätte ich Facettenaugen.
Raffaele hing mit dem Hintern halb auf der Stuhlkante, breitbeinig und schweigsam, und ich wollte ihm nur dabei zusehen. Wenn ich nämlich zu überlegen anfing, dann

würde ich einen Nervenzusammenbruch kriegen, ganz gewiss, also ließ ich das lieber und verschob es auf später. Es machte das Herzklopfen besser, ich wurde ruhiger. Immerhin. Ich wusste ja: Gleich würde es aus sein damit. Raffaele angelte sich den halb ausgepackten Schokoriegel vom Tisch, biss sehr beiläufig ein Stück ab, und es kam mir unwillkürlich in den Sinn, dass ich das unter anderen Umständen sehr sexy gefunden hätte. Ich hätte es sogar unter diesen Umständen sexy gefunden, glaube ich, wenn ich denn überhaupt irgendetwas gefunden hätte. Doch ich befand mich im vorübergehenden Ausnahmezustand.

Und dann musste ich schließlich doch noch lachen, vor Überforderung, und, vor allem, weil Raffaele die Nerven hatte, in aller Ruhe den blöden Kinderriegel aufzuessen, danach umständlich seine Schlüssel hervorzukramen und dann erst aufzustehen. Ich hielt mir den Mund zu, mit der Hand, sonst hätt ich mich glatt am Boden gewälzt oder so was.

SIEBZEHNTENS.

Egal, was einem auch widerfährt: Einmal wird man es wohl vergessen haben, oder sich nicht mehr genau erinnern, oder Details aussparen oder hinzudichten. Weil die Zeit immerzu vergeht und alles fortschiebt, auf und davon. Und so, wie sich das All bis ins Unendliche ausdehnt, fällt alles, was man je erlebt hat, immer weiter in den Abgrund der Vergangenheit zurück, immer tiefer und ferner, bis es einem ganz unwirklich erscheint, als wäre es nie echt gewesen.

Ich hoffe, dass wir mindestens den Teil der ganzen Sache irgendwann vergessen können, aus dem es nichts zu lernen gibt. Leider kann man ja nicht aus allem etwas lernen, manche Erfahrungen sind einfach nichts wert.

»Ich wär dann so weit«, Shaoe stand fertig, das heißt: mit Schuhen und allem im Flur und hatte die Hände in den Jackentaschen verstaut.

Im Auto ging es dann so langsam los mit der Denkerei,

man kann sich schließlich nicht ewig tot stellen. Sofort wurde mir wieder elend zumute. Ich wusste gar nicht, um was ich mich zuerst sorgen sollte.

Ich saß vorn. Raffaele fuhr sehr korrekt, wie einer, der sich nicht erwischen lassen möchte, Na ja, oder vielleicht einfach wie ein seriöser Fahrer. Shaoe hatte sich auf dem Rücksitz postiert und sah mit großer Konzentration aus dem Fenster. Er war tödlich beleidigt, weil ihm jemand, auf welche Weise auch immer, ich war noch nicht so weit, als dass ich mich das hätte fragen können, auf die Schliche gekommen war. Er verhielt sich, als müsste er einen schrecklichen Verrat ertragen.

Niemand sagte ein Wort. Dabei wussten wir mehrheitlich nicht einmal, wo es überhaupt hinging.

Im richtigen Leben benimmt man sich in Ausnahmezuständen nie so, wie man sollte. Oder höchstens ganz selten mal. Immer gibt es einen, und häufig nicht nur einen, der im denkbar schlechtesten Moment das Verkehrte sagt, etwas Würdeloses oder Lachhaftes, und das müssen dann alle ausbaden, mitgefangen, mitgehangen, ob sie wollen oder nicht.

Wir schafften es, uns das einigermaßen zu verkneifen, unterwegs, doch stattdessen schwiegen wir hartnäckiger, als es angebracht gewesen wäre. Damit erreichten wir natürlich das Gleiche, ein unangemessenes Übertreiben nämlich, und so entkamen letztendlich auch wir nicht der Peinlichkeit mittelschwieriger Situationen.

Es war sogar schon so weit gekommen, dass ich mir heimlich wünschte, Jerry möge jetzt bloß nicht auf Shaoes Handy anrufen und fragen, wo er bliebe, weil wir uns dann so enorm hätten schämen müssen, nach dem ganzen Drama, das wir schon veranstaltet hatten.

Raffaele hielt an einem Feldweg und stellte den Motor ab. Keiner rührte sich. Geradeaus sah man den Wald beginnen, links das freie Feld und dahinter Schornsteine, Industrie und so was. Wenn ich das richtig einordnete, waren wir ganz nah beim See, bloß auf der anderen Seite, wo man sich nicht herumtreiben soll, wenn man jung und allein ist. Jedem, der von hier kommt, ist der bedrohliche Unterton der Eltern vertraut, der immer mitschwang, wenn sie einem verboten, sich hier sehen zu lassen, zum Beispiel von Räubern und Banditen. Mädchen hatten sich insbesondere vor Vergewaltigern in Acht zu nehmen. Mit einem Schaudern wurde mir bewusst, dass es gar nicht nur Mädchen betraf.

Shaoe atmete vernehmlich aus.

»Das ist doch jetzt nicht dein Ernst«, sagte er gepresst, und im Rückspiegel erkannte ich, dass er ein genervtes Gesicht machte.

Raffaele warf einen Blick nach hinten, erwiderte aber nichts. Stattdessen stieg er aus.

Von draußen drangen Nachtgeräusche herein, es war ja längst dunkel, aber sternenklar, und das verrauschte

Flimmern, das mich grundsätzlich an Frequenzmatsch aus einem alten Radio erinnert, Niemandsland, gewissermaßen, war allgegenwärtig, wie in jeder Stadt, und dabei machte es kaum etwas aus, dass wir uns ein bisschen außerhalb befanden. Über der Stadt lag ein schwaches, gelbliches Glühen, wie Städte es eben im Dunkeln oder im Winter absondern. Nur bei ganz großen ist es anders: Da kann man nicht sehen, wo es aufhört, alles verschwimmt mit diesem giftigen Fluoreszieren, während kleinere Städte von weitem eher vermuten lassen, es wäre gerade Kirmes.

Shaoe hatte Recht, es kam einem vor wie ein saublöder Scherz, dass wir ausgerechnet hier waren, hinterm See, das war so bescheuert, so klischeehaft wie: Bahnhof Zoo, Bronx, Reeperbahn. Es war eben die Gegend, vor der sie uns immer gewarnt hatten. Und weil wir jetzt erwachsen waren, erwarteten wir natürlich alles, aber nicht das Naheliegendste.

Wir kletterten aus dem Auto. Raffaele wartete. Er hatte eine Taschenlampe in der Hand, aber knipste sie nicht an. Es war wirklich verdammt kalt.

Der Weg verebbte zu einem Trampelpfad und führte in den Wald hinein. Mir war nicht wohl. Ich wollte heim. Ich dachte, dass das alles nicht sein konnte. Wie ferngesteuert lief ich Raffaele nach. Er vergewisserte sich regelmäßig, dass wir noch da waren. Shaoe blieb ein Stück zurück.

Raffaele machte immer noch nicht die Taschenlampe an. Er schien sich bestens auszukennen. Der bei Tageslicht eher dünne und struppige Wald wirkte in der Finsternis ganz und gar wie die Essenz der Dinge, vor denen man sich besser hütete.

Und dann wollte sich Shaoe plötzlich nicht mehr vom Fleck bewegen. Er blieb einfach stehen, mit hochgezogenen Schultern und den Händen tief in den Jackentaschen vergraben.

Es blieb uns nichts anderes übrig, als ebenfalls stehen zu bleiben. Raffaele drehte sich um. Ich mich auch. So standen wir uns gegenüber. Ich hätte gern etwas im Rücken gehabt, oder irgendwas zum Dranfesthalten. Raffaele kam leider nicht infrage, und ich fühlte mich entsetzlich verlassen, und überrumpelt, und überhaupt, denn ich konnte ja noch nicht richtig wissen, was in ihm vorgehen musste: dass er am liebsten schon mit mir abgeschlossen hätte, weil er überzeugt war, dass es sich sowieso so gut wie erledigt hatte mit uns.

»Deine Erklärung«, forderte Shaoe überdeutlich über die paar Meter zwischen uns hinweg, »ich will jetzt wissen, was der ganze Scheiß soll.«

Raffaeles gespannte Gestalt gab ein Stück weit nach. Er leistete sich ein bescheidenes Zusammensacken, was so viel hieß wie: Anders wärs leichter gewesen, aber meinetwegen, es ist ja eh alles aussichtslos.

»Er hat hier eins von den Häusern«, rückte er zögerlich

heraus, aber das war nicht die Erklärung, die wir hören wollten. Das war nur eine Erläuterung, oder ein Tipp, wo es langging. Ein paar der Mieter bestanden auf ihrem Recht, das heißt: auf ihrem Haus, die hatten schließlich einen Vertrag und so weiter, sie hatten sich verbündet und sich einen Anwalt angeschafft. Das zog sich hin, man hörte immer mal wieder davon.

Aus Raffaeles Aussage schlossen wir also, dass Franko zu den Herrschaften gehörte, die ihr Haus nicht hergeben wollten. Egal, was sich drum herum abspielte.

»Ich hab echt keine Lust, mich noch weiter von dir verarschen zu lassen«, äußerte Shaoe wütend, aber beherrscht, »jetzt sag endlich, was Sache ist.« Er hustete einmal. Den Husten hatte er wohl ein bisschen verschleppt. »Ich könnt echt kotzen, weißt du das.«

Raffaele biss sich auf die Unterlippe und verhakte seine Finger ineinander. Wenn er rauchen würde, hätte er sich garantiert eine Zigarette angezündet. Ich beobachtete ihn und fühlte mich dabei wie festgefroren, von innen und von außen.

»Franko ist«, sagte er schließlich, gerade laut genug, dass man ihn verstehen konnte, und dann musste er erst mal schlucken, »mein Vater.«

Etwas summte in meinem Kopf. Schocksummen.

 »Was«, fragte Shaoe fassungslos.

Raffaele sah zu Boden.

Im Gehölz knackte es. Irgendwo hinter Shaoe hörte man ein Tier laufen. Normalerweise hätte ich mich bepisst vor Angst.
Wir kannten alle kein Rezept, was man am besten unternimmt in solchen Fällen: wenn man etwas erfährt, was eigentlich gar nicht sein darf.
Mir fiel auf, dass eine ganze Menge Müll herumlag. Eine dreckige Plastiktüte, Kaugummipapier. Die Luft roch schon nach Herbstende.
»Das –«, begann Shaoe, wusste dann aber nicht weiter.
Ich wusste auch nicht weiter. Raffaele scheinbar auch nicht.
Shaoe hob eine Hand, rieb sich die Nase, dann die Stirn.
»Dein Vater«, flüsterte er, wie um zu testen, ob das eine gute Wahrheit war oder eine schlechte, oder doch bloß was Erfundenes.
»Aber«, hörte ich mich sagen, und es klang irgendwie ungeübt, wie in einer fremden Sprache, »woher – wieso wusstest du denn«, die Frage verdampfte unfertig in der Kälte. Ich machte den Mund wieder zu. Es war ja wohl sowieso klar, was ich wissen wollte. Dass ich nämlich alles wissen wollte. Warum nur wusste ich denn so wenig von ihm. Das war ehrlich meine größte Sorge in dem Moment: warum ich so wenig von ihm wusste.
Raffaele bedachte mich mit einem unsteten Blick, der mir keinen richtigen Hinweis darauf gab, wie ihm zumute sein mochte, oder was er dachte, oder hoffte, oder fürchtete.

Jedenfalls musste ihm ziemlich kalt sein, in der dünnen Jacke.
»Ich fass das nicht«, sagte Shaoe und schlenderte ein paar Schritte näher heran, »ich fass es einfach nicht.«
Raffaele benetzte die Lippen mit der Zungenspitze.
»Ich wusste, dass er da jemanden hat«, fing er an und wandte sich an Shaoe. »Er hat dich beschrieben. Er ist manchmal so.« Es fiel ihm sichtlich schwer fortzufahren, insofern gab es da immerhin nichts falsch zu verstehen. Einmal, zweimal machte er den Mund auf und es wollte kein Wort herauskommen, doch beim nächsten Anlauf gelang es. »Und dann kannte ich dich ja, vom Sehen her, von der Uni. Ich wollte – ich dachte, ich müsste das im Auge behalten.« Er schluckte wieder. »Bitte«, bat er, »versteh das jetzt nicht falsch, ja. Bitte.«
Shaoe griff sich an den Kopf, als wollte er überprüfen, dass er noch am richtigen Platz saß.
»Ich glaub das einfach nicht«, sagte er.
Raffaele sah jetzt ganz erbärmlich aus, und endlich litt ich mit, aber auf Umwegen, weil sich so plötzlich alles geändert hatte.

Er hatte sich verwandelt. Er war ein anderer geworden. Er hatte etwas preisgegeben, und weil es spät kam, und unfreiwillig, war er nicht mehr derselbe wie der, der diesen unerträglichen Mangel in mir entstehen ließ, wenn er fehlte. Trotzdem, es machte keinen Unterschied.

Er war ein anderer, aber den liebte ich auch, und er würde dieselbe Leere hinterlassen, wenn er fortging, es war egal, weiß der Himmel warum, aber so war es eben, und als mir das bewusst wurde, erschien es mir wie eine sehr bedeutende Erkenntnis. Dabei hatte ich eigentlich nur zufällig das Glück, nicht an Shaoes Stelle zu sein. Ich hatte es leichter.

Für mich konnte Raffaele vielleicht irgendwann einfach jemand mit einer anderen Geschichte sein, an die ich mich schon gewöhnen würde.

»Kommt ihr«, fragte er, mit zitternder Stimme.

Shaoe sah erstaunt auf. Vielleicht hatte er vorübergehend wirklich vergessen, warum wir hier waren. Kommentarlos setzte er sich in Bewegung, den Pfad hinab.

Raffaele und ich hatten noch nicht reagiert. Da standen wir also, nebeneinander. Ich nahm allen Mut zusammen und streckte die Hand aus.

»Hey«, machte ich, leise und belegt.

Vor lauter Verwunderung lösten sich seine fest aufeinander gepressten Lippen voneinander, und ich dachte schon, er würde etwas sagen, sicher etwas Gescheiteres als ich, er würde mich doch jetzt nicht wegschicken, überlegte ich kurz, und dann lächelte er, nicht schief und nicht zum Spaß, sondern sehr erleichtert und sehr vorsichtig zugleich.

Ich war so froh, als ich seine kalten Finger spüren durfte, ich würde nicht mehr loslassen, egal was kam, ganz egal,

ich hatte es ja gleich gewusst: Ihm konnte ich mich nicht widersetzen.
Und kein Mensch ist schließlich vollkommen, oder.
Schwarz oder Weiß, so funktioniert das nicht. Es ist alles viel komplizierter, immer.
»Gehn wir«, flüsterte ich und merkte an meinen gespannten Mundwinkeln, dass ich ausschauen musste, als würde ich mich freuen, und ich genierte mich sofort dafür, weil es mir falsch vorkam.
Raffaele drückte meine Hand, und dann liefen wir los, Shaoe hinterher, den man schon kaum mehr erahnen konnte zwischen den vielen dunklen Bäumen.

ACHTZEHNTENS.

Das Haus war größer, als ich es mir ausgemalt hatte. Es wirkte verlassen. Die Tür war nicht verriegelt, man kam ganz leicht rein. Drinnen roch es nach Moder, wie in einer Ruine.

Wenn jetzt mal bloß kein Schneider vorbeikam. Ich musste nämlich an den Märchenpark denken. Ich konnte gar nichts dafür. Es war der Geruch, glaube ich, der Geruch von feuchtem Holz. Märchenparkgeruch.

Märchenparks gab es früher in Süddeutschland, vielleicht auch in Österreich. Ich weiß gar nicht, ob es sie heute noch gibt. Eigentlich waren sie nicht spektakulär. Es wurden einem eher besondere Spielplätze geboten, weniger Karussells beziehungsweise Fahrgeschäfte. Es war immer bergig und waldig in den Märchenparks und um die Märchenparks herum.

Und wie gesagt: der Geruch. Der kam daher, dass sie alles aus Holz machten, die Stiegengeländer und Spielgeräte und Buden.

Ich erinnere mich genau an die vielen Kästen mit Puppen darin, aber nicht zum Anfassen, sondern hinter Glasscheiben, zum Begucken. Prinzen und Prinzessinnen, Dornröschen und Schneewittchen und so. Am genausten erinnere ich mich an den Kasten mit dem Märchen vom Daumenlutscher. Man konnte drum herumgehen und durch Gucklöcher die verschiedenen Szenen ansehen. Wenn man auf einen Knopf drückte, erzählte ein schnarrender Märchenerzähler die passende Geschichte dazu. Weh! Jetzt geht es klipp und klapp, mit der Scher die Daumen ab. Mit der großen, scharfen Scher! Hei! Da schreit der Konrad sehr.
So ging das. Das vergisst man nicht so schnell wieder. Das letzte Bild war das schlimmste: Da stand das Puppenkind nutzlos herum, und die blutigen Hände baumelten ihm an den Seiten, auf dem Boden war alles voller roter Farbe und mittendrin die gewesenen Daumen. Mein lieber Schwan. Als die Mutter kommt nach Haus, sieht der Konrad traurig aus. Ohne Daumen steht er dort, die sind alle beide fort. Ich hätte stundenlang kotzen können, also ehrlich.

Wir waren ohne Mühe in das Haus eingedrungen. Besonders geräumig stellte es sich nicht dar. Außerdem war es drinnen beinahe genauso kalt wie draußen.
 Von den Wänden rollten sich die Tapetenfetzen. Auf dem Boden war mal welliges PVC verlegt worden. Ein

paar Möbel standen herum, zwei alte Sessel, ein niedriger Tisch. Bei Tageslicht musste es hier so verwahrlost aussehen wie in jedem anderen Haus, das fest in die Hand von Partyfeierern und Gelegenheitsübernachtern geraten war. Viel anderes konnte ich wegen der Dunkelheit erst mal nicht feststellen.
Keiner von uns wollte ein unnötiges Geräusch verursachen. Ich bemühte mich, flach zu atmen, am liebsten hätte ich sogar gar nicht geatmet. Ich rechnete inzwischen wirklich mit allem. Dass es zunächst einmal ziemlich still war, machte die Sache überhaupt kein bisschen besser. Im Gegenteil, ich hätte sehr viel lieber schon gewusst, was ich zu erwarten hatte.

Ich könnte jetzt natürlich ewig so weitermachen: die Spannung noch ein Stück weiter treiben, aber das wäre blöde Effekthascherei. Eigentlich ging es nämlich ganz schnell. Wir hatten kaum das Haus betreten, ein bisschen bang herumgelauscht und so getan, als wären wir gar nicht vorhanden, da hörten wir auch schon, wie es im Nachbarraum rumorte. Rumoren ist streng genommen das falsche Wort: aber wir hörten etwas, das wir nicht einordnen konnten, es hätte alles Mögliche sein können, und wie soll man das schon nennen. Es rumorte also.

Raffaele leuchtete mit seiner Taschenlampe in den Raum hinein. Es war das Schlafzimmer. Ich wollte mir die

Augen zuhalten, ich wollte nicht sehen, was drin war.
Musste ich aber, klar.
Man ist ja nicht umsonst erwachsen.

Jerry kniete am Fußende des Bettes. Vor dem tintenschwarzen Fenster hing eine halb abgerissene Gardine, wie man sie früher normalerweise in der Küche hatte.
Jerry kniete nicht aus Freude am Knien. Die Hände hatte man ihm geschickt am Bettpfosten festgeknüpft, der Kopf hing zwischen den Schultern, und das war das Grausige: Er blinzelte uns an, in den Spot hinein, der auf ihn gerichtet war, mit verzerrter Miene, als sei er gerade erst wach geworden, er sagte später, dass er tatsächlich zwischenzeitlich besinnungslos gewesen sei.
»Oh Gott«, entfuhr es Shaoe, der neben mir stand.
Jerry hatte oben rum nichts an, sodass man sehen konnte, wie sich seine Wirbelsäule knotig durch die Haut drückte, die straff über dem gekrümmten Rücken spannte. Ich sah sogar, dass ihm Spucke übers Kinn gelaufen war.
Es glänzte. Er hatte es ja nicht wegwischen können. Ich hoffte, dass es sonst niemandem aufgefallen war, ich weiß auch nicht.
Über den Rippen waren dunkle Streifen zu erkennen.
Ich musste daran denken, was Shaoe mir erzählt hatte.
Raffaeles Vater schien beides in die Tat umgesetzt zu haben: seinen Traum von der Rache und seinen Traum vom Sex.

Raffaele ging auf Jerry zu. Er legte die Taschenlampe auf den Boden und machte sich an den Fesseln zu schaffen. Ich wollte etwas Vernünftiges tun. Ich bückte mich und nahm die Lampe in die Hand. Ich versuchte, Jerry nicht zu blenden. Aus der Nähe wirkte alles noch schlimmer. Er keuchte mit krampfhaft geschlossenem Mund und geweiteten Nasenflügeln. Mir gingen blöde Sachen durch den Kopf. Ich fragte mich, ob es ihn wohl ärgerte, oder vielmehr demütigte, dass ausgerechnet Raffaele ihn gefunden hatte. Dabei waren wir hier an einen Ort gelangt, oder einen Zeitpunkt, an dem es aufhörte, wichtig zu sein, wer man war, gesellschaftlich, meine ich. Mir wurde peinlich bewusst, dass jeder Mensch aus einer Ansammlung von Verschleißteilen besteht. Egal, wie schön man sie verpackt. Wehtun können sie einem alle.

Die Knoten erwiesen sich als widerspenstig. Raffaele fluchte unterdrückt und nahm seine Schlüssel zur Hilfe. Ich war froh, dass es ihm damit gelang, die Stricke von Jerrys wundgescheuerten Gelenken zu entfernen. Sonst hätte ich irgendwie helfen müssen, und ich hätte doch nicht gewusst, wie.
Raffaele hielt seine Arme fest. Jerry sah nicht glücklich aus. Aber er wäre sonst einfach umgefallen. Bums. Ich bewunderte Raffaeles Sinn fürs Praktische. Ich hätte das alles nie gekonnt, nie.
Ganz langsam und sehr aufmerksam ließ Raffaele ihn los.

Jerrys Hände sahen aus, als wären es nicht seine. Er konnte zunächst mal überhaupt nichts damit anfangen. Er machte auch nicht den Eindruck, als würde er so mir nichts, dir nichts aufstehen können. Ich spürte so sehr, was Erniedrigung ist, dass mir fast schlecht davon wurde. Noch schlechter, als mir sowieso schon war.
Jerry kauerte am Boden, Shaoe traute sich nicht herein, keine Ahnung, jedenfalls war er im Türrahmen zurückgeblieben, und Raffaele durchmaß gewichtigen Schrittes den Raum, ich möchte mal wissen, wie man das macht: in so einer Situation genau das Richtige tun, und dabei auch noch so souverän daherzukommen, und so sicher drauflos zugehen, weil er Jerrys Pullover und seine Jacke unter dem Fenster entdeckt hatte.
Ich konnte kaum die Lampe halten, und Raffaele machte einfach alles richtig, als wäre nichts dabei.
Rosa fiel mir ein, und dass sie nichts davon ahnte, was ihrem Freund zugestoßen war. Konnte sie ja auch nicht, weil sie nichts gewusst hatte von den Fäden, die hinter ihrem Rücken heimlich zusammenliefen. Außerdem stößt Leuten wie Jerry so etwas nicht zu, normalerweise. Und wenn doch, dann kommen sie damit in eine reißerische Fernsehsendung und erregen großes Mitleid im ganzen Land.
Das Mitleid wird angezogen von den ehemals Glücklichen, von denen, die für das Glück vorgesehen sind. Die ohnehin schon Verbitterten, Vernarbten und Gars-

tiggewordenen möchte man lieber nicht verstehen. Man möchte nicht mit ihnen mitfühlen. Man möchte nichts mit ihnen gemeinsam haben.

Raffaele hielt Jerry den Pulli und die Jacke hin. Ich wusste nicht, wo ich in dem Moment hinleuchten sollte. Dabei wollte er sich ja nicht ausziehen, sondern anziehen. Ausnahmezustände fördern erst zutage, was man ganz verinnerlicht hat.

Gott sei Dank kriegte er das geregelt, das Anziehen. Ich schämte mich so, dass ich mich nicht nützlicher zu machen wusste. Und ich war so froh, dass ich ihn nicht mehr so sehen musste: halb nackt und halb zerschunden und mit Spucke am Kinn.

Er versuchte aufzustehen, aber die Knie gaben ihm nach.

»Warte«, sagte Raffaele, und half ihm.

Jerry sog scharf die Luft ein, ich weiß nicht, ob vor Schmerz oder vor Kälte oder vor Taubheit.

Jerry musste sich schwer auf Raffaele stützen. Er ging wie ein alter Mann.

Es waren nur ein paar Schritte, um den Pfosten herum, bis er auf dem Bett zu sitzen kam. Auf dem Bett lag nur eine fleckige Matratze, ohne Decken und ohne Bezug. Raffaele setzte sich ebenfalls.

Jerry hielt sich die Seite. Da dachte ich zum ersten Mal: Er muss ins Krankenhaus. Der Gedanke kam wie ein Schock über mich, wie eine Ladung kaltes Wasser, mitten ins Gesicht. Ehrlich, mir wurde der Ernst der Lage erst mit dieser Einsicht richtig klar.

Ich drehte mich um.

Shaoe lehnte tatsächlich noch immer in der Tür, wie versteinert. Ich glaube, er schämte sich noch mehr als ich. Man muss sich das mal vorstellen: Wenn einer wie Jerry von den Männern erfahren hätte, was wäre dann wohl los gewesen. Tausend Scheißsprüche, das wär los gewesen. Oder sonst was. Man kann es sich eigentlich nicht vorstellen. Und jetzt das. Man ist sich gar nicht darüber bewusst, dass Scham oft stärker ist als Freundschaft.

Raffaele rieb sich das Gesicht. Ich stand dumm herum mit meiner Taschenlampe.

»Danke«, flüsterte Jerry heiser und fuhr sich mit der Zunge über die Lippen.

»Du musst zum Arzt«, sagte ich.

Jerry hatte noch keine spezielle Meinung dazu. Es sah aus, als täte ihm das Atmen weh.

Raffaele schluckte und warf mir einen hilflosen Blick zu. Ich wurde nicht schlau aus ihm. Mal wusste er genau Bescheid, wie zu verfahren war, ganz genau, und dann wieder schien er überhaupt nichts zu wissen. Ich wusste auch nicht mehr viel. Zum Beispiel, wen ich da eigentlich an meiner Seite hatte, denn das hatte ich ja, oder vielleicht doch nicht? Jedenfalls wollte ich ihn trotzdem gern behalten. So, so gern. Ich wollte nicht mehr dahin zurück,

wo ich hergekommen war. Ich wollte ein Risiko eingehen. Ich wollte nicht mehr Nancy sein, sondern irgendwie neu anfangen. Ob man Fehler macht, zeigt sich sowieso immer erst später, in der Zukunft, irgendwann.
»Ja«, bestätigte Raffaele, nicht laut, aber hier wirkte alles, was man sagte, hundertfach verstärkt, und nickte.
»Kommt er«, musste ich daraufhin fragen, wobei meine Unterlippe bebte, und mir fiel auf, dass sie das schon seit einer Weile tat, es war eine Art beständiges nervöses Zucken, »kommt er nicht wieder?« Ich richtete die Frage an Raffaele. Weil er schon so viel gewusst hatte, erwog ich, dass er das vielleicht ebenfalls wissen könnte.
Er hob die Schultern.
»Keine Ahnung«, gab er zu.
Ein Geräusch ließ mich zusammenfahren, und ich drehte mich so rasch um, dass mir beinahe die Lampe aus der Hand gefallen wäre. Doch es war gar nichts. Nur Shaoe war rausgegangen. Kurz darauf hörte man die Tür quietschen.
Raffaele erhob sich umständlich, als hätte er vergessen, wie man das macht. Sobald er aufrecht dastand, hatte er sich wieder gefasst.
»Schaffst du das«, fragte er, »ein paar Meter, bis zum Auto?« Es klang von der Anstrengung unterkühlt, aber sorgsam.
Jerry nickte.

»Ja«, sagte er, versuchte dabei, sich auf die Füße zu stemmen, und bekam Schüttelfrost. Von einer Sekunde auf die andere begannen ihm erbarmungswürdig die Glieder zu schlottern. Raffaele schob ihm den Arm unter die Schulter, und so musste es dann gehen, durch den Wald, bis zum Parkplatz, der eigentlich keiner war. Ich machte Licht, was sonst. So konnte ich vorausleuchten und hatte eine feste Aufgabe. Ich traute mich kaum, hinter mich zu schauen. Raffaele und Jerry sahen aus wie fremde Leute. Sie sahen aus, als würden sie nur so tun als ob.

Shaoe saß schon auf der Rückbank. Raffaele hatte nicht abgeschlossen.

Ich sah es sofort, durch die Dunkelheit, durch den Schrecken und durch das beherrschte Gehabe hindurch, mit dem er Raffaele die Regie überließ: Er hatte geheult. Er war rausgegangen, weil er heulen musste. Er hatte so geheult, dass nicht nur seine Augen, sondern auch die dünne Haut darunter und darüber rot angeschwollen war. Als hätten sie ihn zusammengeschlagen.

»Danke«, wiederholte Jerry zähneklappernd, als er schließlich mit Raffaeles Unterstützung auf den Beifahrersitz gekrochen war, »wenn ihr jetzt nicht gekommen wärt«, aber er redete nicht weiter. Es war auch nicht nötig. Wir wussten ja auch nicht, was dann gewesen wäre.

NEUNZEHNTENS.

Einmal hat Raffaele was gehört.

Das erfuhr ich in der Nacht nach dem Vorfall. So nannten wir das erst mal: den Vorfall.

Er hat sehr viel erzählt. Es hat lange gedauert. Eingeschlafen sind wir erst, als es schon hell wurde. Und das will was heißen, im November. Wir haben uns gegenseitig festgehalten dabei. Ich habe das Ende dieser Nacht viel schöner in Erinnerung, als ich sollte, angesichts der Umstände: Weil es mir so vorkam, als würde ich Raffaele gerade erst kennen lernen. Und eigentlich stimmte das auch. Wenn ich daran denke, kann ich immer noch die Wärme spüren, die von überall her kam und mich ganz umhüllte: durch die Bettdecke, die ich mir unter dem Hintern festgestopft hatte, und durch Raffaeles Körper. Wenn man so beisammen ist, dann wärmt man sich gegenseitig. Schließlich war auch ich fast siebenunddreißig Grad warm. Das Gefühl hatte ich aber nicht. Ich hatte das Gefühl, ich wäre wie ein Reptil, das auf die Energie von

außen angewiesen ist. Ich fühlte mich wohl. Ich war in einer wattierten Welt aus Decken und Kissen und Raffaeles Armen. Mein Kopf lag da, wo es sich am besten liegt, wenn der andere einen im Arm hält: in der Mulde unter der Schulter. Da ist man immer richtig. Mit der einen Hand musste ich unentwegt über sein T-Shirt streichen, über die Brust, und es war überhaupt nicht wie bei einem Mädchen, auch wenn manche das vielleicht meinen.
Ich hätte mit ihm geschlafen, auch in dieser Nacht, aber es ergab sich nicht, weil wir das ja schon oft genug gemacht hatten, das Kennenlernen aber noch nachholen mussten.
Er hat geredet und geredet. Nachher hatte ich eine ganz bildliche Vorstellung von dem Haus, an dem der Name nicht dransteht, und vom Vater und allem. Halb besteht das, an was ich mich erinnere, aus Phantasie und halb aus Zitaten. Er wollte mich nicht mitnehmen, in das Haus. Er könne nicht, sagte er. Jetzt ist er fort, aber ich hoffe doch, dass er zurückkommt, sobald er kann. Eigentlich weiß ich es. Er hat es versprochen. Ich hoffe, es zu wissen.
Wir telefonieren jeden Tag.

Er wohnt also in dem Haus. Unten, und oben der Vater. Das Haus haben sie geerbt, eigentlich ist es sogar Raffaeles Haus. Doch zunächst gehört es dem Vater, erst, wenn der nicht mehr ist, geht es in Raffaeles Besitz über. Der Vater darf allerdings keine wichtigen Entscheidungen treffen, rechtlich gesehen, ohne sich mit Raffaele zu besprechen.

Raffaele weiß, dass der Vater einmal im Monat Besuch bekommt. Früher ist er oft ausgegangen und hat sich herumgetrieben. Raffaele wollte nichts davon wissen, er wollte sich nicht verantwortlich fühlen, und tat es doch. Er tut es immer noch. Der Vater ist vorbestraft. Wenn jetzt noch was passiert. Dann wars das.
Draußen taut der Schnee. Es ist Abend. Raffaele sieht fern. Das Zimmer ist ein bisschen kahl, weil er immer das Gefühl hat, auf dem Sprung zu sein. Da lohnt sich eine ausführliche Einrichtung nicht. An der Wand hängen eine Pinnwand mit wenig Gepinntem dran und ein Konzertplakat von Neunzehnhundertzwölf, etwas verblichen, mit Jugendstilverzierungen. Vom Flohmarkt. Er findet, dass es gut ins Haus passt, obwohl das Haus gar nicht so alt ist.
Dem Vater ist es inzwischen egal, ob Raffaele da ist oder nicht, wenn er Besuch bekommt.
Er kann nichts dafür, denkt Raffaele tapfer, es geht ihm eben nicht so gut.
Er liegt auf dem Bett, auf der Seite, und hat den Kopf in die Hand gestützt. Langsam kriegt er einen Krampf im Nacken, während im Fernsehen zwei streiten und über ihm welche über die Teppichfliesen laufen.
Es bleibt schon länger hell. Gleich kommt Anatomie. Er hat noch Weingummikirschen und Cola. Am besten, er isst das Weingummi, bevor der Film anfängt. Er hat da so eine Ahnung, dass einem eventuell der Appetit vergehen könn-

te. Es ist anstrengend, sich solche normalen Sachen zu überlegen, wenn sie oben über die Teppichfliesen laufen. Er hat vor zwei Monaten aufgehört hochzugehen. Seit der Vater zum ersten Mal den Besuch mitgebracht hat, obwohl Raffaele zu Hause war.
Dem Vater ist es vielleicht nicht mal aufgefallen. Die Küche ist unten, oben ist ein zweites Bad. Der Vater muss ab und zu runterkommen, aber Raffaele nicht rauf.
Von oben kann er Stimmen hören. Am liebsten würde er sich die Ohren zuhalten.
Ich bin hier ja wohl auch zu Hause, denkt er, mit allem Stolz, den er aufbringen kann, obwohl er sich verantwortlich fühlt. Das ist das Schlimme: dass er sich so verantwortlich fühlt. Er weiß auch nicht, woran es liegt. Vielleicht hängt es damit zusammen, dass er sich um alles kümmern muss. Er muss sich auch um den Vater selbst kümmern, damit er keinen Scheiß macht, das wärs dann, wie gesagt, nämlich. Der Vater trinkt außerdem zu viel, und ist häufig sehr verzweifelt. Wenn er den Vater oben laufen hört, kommt es ihm manchmal vor, als ob ihm einer auf der Nase herumtanzt.
Manchmal wartet er darauf, dass doch was passiert. Dann wäre die Last weg, die der Vater bedeutet, und die Mutter würde sich endlich scheiden lassen. Sie findet sich dafür noch zu schwach, es ginge ihr alles noch zu nah. Dabei

lebt sie seit vier Jahren in Zürich. Sie will sich scheiden lassen, aber sie kann es noch nicht, sagt sie. Sie sagt:

Wenn nochmal was passiert, dann lass ich mich scheiden. Raffaele weiß schon, dass sie es dann immer noch nicht können wird. Dann wird er mithelfen müssen. Dann wird er immer noch verantwortlich sein, aber das wäre etwas anderes als in der Angelegenheit mit dem Vater. Es würde vorangehen.
Er schämt sich für den Vater und verheimlicht ihn, wo er kann.
Er kann doch nichts dafür, denkt er dennoch immer und immer wieder, es ist wie ein Reflex.
Er meint das nicht böse, denkt er ganz automatisch, er kommt nur einfach nicht zurecht mit allem.
Unglücklicherweise befindet sich das Schlafzimmer des Vaters direkt über Raffaeles Schlafzimmer. Sie lachen.
Ich lass mich doch nicht aus meinem eigenen Haus vertreiben, denkt er, irgendwo muss doch wohl Schluss sein.
Er hat sich immer einen blonden Jungen vorgestellt. Bis der Vater dann mit den Andeutungen angefangen hat, wenn er betrunken war und nicht den Dreh fand, nach oben zu gehen.
Perfekte Beine, hatte er zuerst nur gesagt.
Fein, dachte Raffaele, deine perfekten Beine interessiern mich einen Scheiß.
Später war er dann mehr ins Detail gegangen.
Asiatischer Typ, sagte er, schwarze Haare. Vorne rot.
Und so weiter.
Von da an hatte Raffaele gewusst, dass es Shaoe war.

»Kannst du dir das vorstellen«, flüsterte er in meine Haare hinein, »das war so komisch. Das glaubt man gar nicht, wie komisch das ist.«
Ich legte ihm zu meiner eigenen Beruhigung die Hand auf den Bauch und spürte ihn atmen.
Shaoe also.
Es war ganz leicht, ins Gespräch zu kommen. Shaoe war nett. Man kam besser miteinander aus, als Raffaele es erwartet hatte. Eigentlich wusste er nicht, was er erwartet hatte. Er wusste auch nicht, was er damit bezwecken wollte, mit dem Kontakt. Er dachte, er könnte dadurch vielleicht den Überblick behalten. Aber recht bald hörte es sowieso auf mit der Zweckmäßigkeit, weil sie sich so gut verstanden. Gern hätte Raffaele einfach vergessen, warum er ihn hatte kennen lernen wollen.
»Als die oben zugange waren«, sagte er leise neben meinem Ohr, »hat mich das wieder an früher erinnert. Mein Vater – ich versteh ihn nicht. Echt nicht.« Ich hörte weiter zu, als gäbe es sonst nichts auf der Welt.
Als Raffaele noch klein war, brachte der Vater mal eine Frau und einen Mann mit nach Hause. Sie blieben fast ein halbes Jahr und liefen oft nackt herum. Die Mutter beklagte sich fortwährend, aber offenbar nicht genug. Das Beklagen hatte jedenfalls keinen Effekt auf das sonderbare Verhältnis, das Raffaele nicht durchschaute.

Denkt doch wenigstens an das Kind, schrie die Mutter und wurde rot vor Erschütterung.

Es geht mir doch gar nicht um mich, beteuerte sie dauernd, es geht mir um das Kind.
Gib dem Kind mal lieber nicht so viele Süßigkeiten, rieten die Nackten, es hat deine Veranlagung.
Als er den Vater und den Jungen jetzt oben laufen hört und lachen und später dann auch stöhnen, hat er wieder dieses Kribbeln unter der Kopfhaut, wie damals. Damals konnte er nicht weg, weil er noch nicht alt genug war, und nun kann er nicht weg, weil er sich nicht verscheuchen lassen will. Den Vater stört das alles nicht. Raffaele ist kurz davor, raufzugehen und etwas kaputtzumachen. Er malt sich das aus. Es hilft aber nicht, sondern macht ihn nur noch wütender.
Schließlich dreht er den Fernseher lauter, die Fernbedienung hat er verschludert, so muss er immer aufstehen, wenn er das Programm wechseln möchte. Man kann sie trotzdem noch hören. Er schlägt mit den Fäusten gegen den Türrahmen, bis ein Riss entsteht.
»Hast du das schon mal gemacht«, fragte er, »so was?«
»Ja«, sagte ich, »schon oft.«
Wir schwiegen. Sein Herzschlag ging dumpf und schnell.
»Und deine Mutter«, fragte ich.
»Was«, fragte er zurück.
»Wusste die das – mit Shaoe«, wisperte ich.
Raffaele zog die Knie ein bisschen höher. Die Decken raschelten.

»Nee«, antwortete er unbehaglich, »ich weiß nicht, ich

dachte ja – vielleicht ändert sich doch noch alles und sie braucht das nicht zu erfahren. Vielleicht lässt sie sich doch endlich scheiden. Da kommt es ja nicht mehr drauf an.«

»Sie nimmt viel hin«, schlug ich halb fragend vor. Er überlegte.

»Ja«, sagte er schließlich.

»Meine auch«, sagte ich.

Meine Mutter hat oft keine Meinung. Sie sagt gern: Damit muss man sich abfinden. Das kann man nicht ändern. Das ist nun mal so. Bloß wenn ich mich beschwerte, dass etwas nicht gelang, oder mir was nicht passte, oder ich unzufrieden war, dann wurde sie ganz leidenschaftlich und ungehalten und mahnte mit dem Zeigefinger: Kind, du versündigst dich! Ich wusste nicht genau, was das bedeuten sollte, aber ich begriff sehr wohl, dass es eine Drohung oder Warnung war, vor dem Unaussprechlichen. Davor, dass es sich rächte, wenn man undankbar war. Ich wurde sehr vorsichtig. Ich ging lieber kein Risiko ein.

Ich glaube, meine Eltern erwarten nicht viel von mir. Ich nehme an, sie hoffen, insgeheim, dass ich mal jemanden finde, der für mich sorgt. Sie sind schon älter, vielleicht liegt es daran.

Ich war auch immer eher zurückhaltend, wegen der ganzen Vorsicht, das wirkt ja nicht gerade viel versprechend. Raffaele erschien mir ebenfalls zurückhaltend, am Anfang. Auch später, wenn wir allein waren. Aber als es drauf ankam, war er plötzlich ganz anders. Ich zog in

Erwägung, dass es ihm bei mir eventuell nicht so drauf angekommen war. Und weil ich eitel bin wie jeder Mensch und gern das Gegenteil hören wollte, ließ ich ihn meine Befürchtung sofort wissen.

»Nee, nä«, fragte er ungläubig.

»Doch«, beharrte ich, »was soll ich denn denken?«

Ich fand mich schon wieder unangebracht, weil ich von den viel größeren Problemen um uns herum ablenkte, aber ich konnte nicht anders. Es pressierte mir eben sehr.

Er malte mit dem Finger meine eine Augenbraue nach und betastete die Spitzen meiner Wimpern. Ich tu das auch gern: nachfühlen, wie die Lider flattern, wie Schmetterlingsflügel.

»So eine Frau wie du«, sagte er.

»Was soll das denn heißen«, fragte ich, entrüstet und geschmeichelt.

»Das weißt du doch«, glaubte er.

»Nein«, widersprach ich, »sag mal.«

Er seufzte.

»Okay«, lenkte er ein, »du willst es unbedingt hören, ja?«

Ich nickte ihn an. Natürlich wollte ich es hören. Ich hatte mir schließlich solche Mühe gegeben, so eine Frau zu werden: so eine wie ich. Ich verstrickte mich immer tiefer, jetzt wollte ich wenigstens die Lorbeeren dafür abstauben.

»Du bist hübsch, intelligent, lustig, stylisch, wohnst in dieser WG, kennst Leute wie in dieser WG – noch weiter«, fragte er.

Ich nickte wieder.
»Du hast ein schönes Bett«, grinste er. Ich merkte, wie sich seine Mundwinkel verzogen.
»Das ist gar nicht meins«, korrigierte ich.
»Nein«, fragte er.
»Nein«, sagte ich, »das war schon da, als ich herkam.«
»Aber der Rest«, sagte er.
»Ach, der«, sagte ich, »ich tu nur so.«
»Wie«, fragte er.
»Ja«, sagte ich, »echt.«
Da musste er lachen, und presste gerade noch rechtzeitig das Gesicht ins Kissen, weil er sich genauso pietätlos fühlte wie ich.
»Ich wär aber gern so«, sagte ich ernst und ließ mich nicht anstecken.
»Hm«, machte er und hörte mit dem Lachen auf.
»Hübsch, stylisch. Beliebt, ich weiß nicht. So was eben«, erläuterte ich.
»Bist du doch«, flüsterte er.
Ich schüttelte den Kopf.
»Eigentlich nicht«, widersprach ich.
Er wartete.
»Das kann man nicht gut erklären«, gab ich auf.
»Ein andres Mal«, fragte er.
»Ein andres Mal«, versprach ich.

Das steht übrigens immer noch aus.

ZWANZIGSTENS.

Auf dem Weg ins Krankenhaus wäre Raffaele beinahe einem hinten reingefahren. Der Fahrer vollführte Drohgebärden, und auf der Rückbank drehten sich zwei zum Ausgehen zurechtgemachte Mädchen um.

»Scheiße«, zischte Raffaele. Jerry biss die Zähne zusammen. Shaoe reagierte nicht.

An der nächsten Ampel bogen wir ab, und dann waren wir schon da. Aus den schmaleren Toilettenfenstern fiel blaues Licht, damit die Leute, die da Drogen nehmen wollen, die Adern nicht finden.

Wir stiegen aus. Shaoe blieb sitzen. Ich beugte mich zu ihm hin.

»Willst du hierbleiben«, fragte ich, was eigentlich ziemlich überflüssig war.

Überrascht schaute er auf und nickte. Weil er nicht darauf vorbereitet gewesen war, angesprochen zu werden, erkannte man nun die ganze Kränkung in seinem Gesicht, und dass er nicht wusste, was werden sollte.

Ich wollte behutsam die Tür schließen.
»Nancy«, rief er eilig und schob sich auf dem Sitz nach vorn.
»Ja«, fragte ich und hielt mich am Türgriff fest.
»Schon gut«, sagte er.
Ich nickte. Was hätte ich schon nachfragen sollen.
»Tut mir Leid«, sagte er schließlich, hielt sich die Hand vor den Mund und hustete, »ich würd lieber hierbleiben.« Er sah wirklich schlimm aus, mit seinen verquollenen Augen.
»Schon okay«, wollte ich ihn beruhigen und versuchte, freundlich dreinzuschauen.
Ich machte die Tür zu und ging zügig zum Eingang.

Wir warteten auf grünen Plastikstühlen im Gang, dass sie mit Jerry fertig wurden. Es dauerte eine Weile.
Raffaele hatte die Hände zwischen den Knien gefaltet und betrachtete die Wand oder das Bild an der Wand. Monet, stand darunter, in golden gedruckter Schrift.
Wir fürchteten uns, etwas zu sagen. Ich dachte nach.
Shaoe haben die vielen Männer also doch was ausgemacht. Dass alles rausgekommen ist, hat es ans Licht gebracht. Was keiner weiß, ist nie geschehen. So hat er gelebt. Und dann kam ich, aber das war ja seine Entscheidung. Das ist was anderes. Vielleicht hätte er es eines Tages auch anderen gesagt. Er war ja auf dem richtigen Weg. Weil er aufhören wollte. Es war schon fast Vergangenheit für ihn, in seiner Vorstellung. Vergangenheit ist

Geschichte. Und Geschichten sind zum Erzählen gemacht. Wenn erst eine Geschichte draus geworden ist, hat man das Ärgste überstanden.

»Was meinst du«, fragte Raffaele die Wand, »ich hätt was sagen müssen, oder. Eher.«

Er wandte mir das Gesicht zu. Die Haare hingen ihm in die Augen. Er war sehr blass, und um den schönen Mund lag ein gespannter Zug.

Eine Ärztin lief an uns vorbei und guckte mürrisch. Ihre Schuhe quietschten auf dem Boden.

»Ich weiß nicht«, zögerte ich, »ja, ich glaub schon. Wahrscheinlich.« Ich überlegte noch ein bisschen. »Ich kann das aber nicht beurteilen«, fügte ich hinzu, und beinahe hätte ich gesagt: Ich kenn dich doch gar nicht. Mir war sehr kalt, von innen.

Er drehte sich wieder zur Wand und schniefte trocken, weil es eigentlich ziemlich warm war hier drinnen, und stickig.

»Hast dus gewusst«, fragte er, ganz leise.

»Mit Shaoe«, fragte ich zurück.

»Hm«, nickte er.

»Ja«, sagte ich und schluckte.

Er hatte nichts zu erwidern.

»Was passiert jetzt wohl«, fragte ich.

Er sah mich wieder an, sein linker Mundwinkel zuckte. Dann lehnte er sich zurück und legte die Hände in den Schoß.

»Tja«, machte er nur.
Wir schwiegen.
»Und nachher«, fragte ich zaghaft.
»Hm«, fragte er und richtete sich aufmerksam auf.
»Ich meine«, erklärte ich, »wohin gehst du nachher?«
Er schaute mich an, als müsste er noch herausfinden, ob ich einen Witz gemacht hätte.
»Nachher«, wiederholte er fragend.
»Na ja«, sagte ich.
»Ich weiß nicht«, fiel ihm nur ein. Ich glaube, er hatte sich tatsächlich noch keine Gedanken darüber gemacht.
»Willst du vielleicht mitkommen«, schlug ich unsicher vor. Ich wusste nicht, ob ich es bereuen würde. Ich erwog es. Er schien nicht zu wissen, welche Sorte Gesichtsausdruck angebracht war.
»Hm«, hielt er mich hin.
»Ich dachte nur«, rechtfertigte ich mich und sah weg.
»Doch«, sagte er hastig, »doch, wenn ich darf.«

EINUNDZWANZIGSTENS.

Dass man so gern etwas darstellen möchte in der Welt, liegt, meine ich, hauptsächlich an der Angst vor dem Vergehen. Man möchte nicht fort sein, man möchte weiterhin teilhaben, oder doch mindestens etwas hinterlassen von sich, als Statthalter.
Man unternimmt jedenfalls die seltsamsten Anstrengungen, um so zu erscheinen, wie man es für richtig hält.

Die Dinge nahmen ihren Lauf. Es war schwierig, alles, mit der Anzeige und so weiter. Raffaele ist überzeugt, dass sie seinen Vater kriegen werden. Er ist jetzt noch bei seiner Mutter. Ich bleibe so lange in der WG, bis er zurückkommt. Das ist soweit der Plan.

Jerry hatte zwei gebrochene Rippen und einen ganzen Haufen oberflächlicher Schnitt- und Schürfwunden. Das wars. Ich glaube trotzdem, dass es für Raffaeles Vater Sex war. Sex und Rache.

Ich hatte Mühe, mir auszumalen, wie es wohl wäre, so einen Vater zu haben. Es war eine ganz ungeheuerliche Vorstellung. Aber man gewöhnt sich wohl dran, wie man sich an alles gewöhnt, was man glaubt, nicht ändern zu können.
Sie behielten Jerry erst mal da. Sie machten viele Untersuchungen, das war wichtig, für später. Es musste alles genau dokumentiert werden. Er blieb schließlich sogar länger als vorgesehen im Krankenhaus, weil er Fieber bekam. Rosa besuchte ihn jeden Tag.
Einmal kam auch Shaoe, kurz vor der Entlassung. Ich begleitete ihn und wartete vor der Tür.
Es dauerte. Sie redeten sehr lange, und manchmal laut genug, dass ich was verstand.
Als Shaoe wieder herauskam, hatte er rote Flecken im Gesicht und atmete mehrere Male hintereinander sehr tief ein und aus.
Ich schaute ihn mit hochgezogenen Brauen an. Das hieß so viel wie: und?
»Lass uns erst mal gehen«, bat er.

Wir setzten uns draußen auf eine Bank und krochen so gut es ging in unsere Jacken hinein. Es dämmerte schon, auf dem Pflaster glitzerte der Reif wie gefrorene Zuckerkristalle.

»Wir behalten die WG«, informierte er mich endlich, und versank mit dem Kinn in seinem aufgestellten Kragen.

»Ja«, fragte ich, weil mir nichts Besseres einfiel.
»Ich hätts auch verstanden, wenn er gesagt hätte: Nee, lass mal«, fuhr er fort.
»Echt«, fragte ich dümmlich.
Er bedachte mich mit einem beinahe entrüsteten Blick.
»Es war ja auch meine Schuld«, nuschelte er und kaute auf seinem Reißverschluss, »da hat er ja Recht gehabt.«
»Wer«, fragte ich.
»Raffaele«, antwortete er. Er sagte Raffaeles Namen seit dem Vorfall mit einer merkwürdigen Betonung. Als ginge es um etwas, das man entweder wegwerfen oder vielleicht doch lieber verschenken möchte. Das wäre aber auch das Äußerste.
»Womit jetzt genau«, musste ich nochmal verständnislos nachfragen.
»Dass ich es so hab laufen lassen«, sagte er und zuckte die Achseln, »stimmt ja.«
»Ich weiß nicht«, widersprach ich, »ich finde nicht.«
Dabei war ich mir in Wirklichkeit gar nicht so sicher.
Er gab ein abfälliges Schnauben von sich.
»Doch«, bekräftigte ich, »ich meine: man kann doch verstehen, warum – also, ihr kanntet euch doch wirklich länger, sein – er und du.«
Sein Vater, das hab ich bislang nie aussprechen können.
»Na und«, fragte er rhetorisch.
Ich schwieg, weil es gelogen gewesen wäre, hätte ich mich noch weiter in das Widersprechen hineingesteigert.

Mal im Ernst: Unschuldig waren wir alle nicht.
Shaoe hatte etwas geahnt, und es heruntergespielt. Raffaele hatte etwas geahnt, und sich vor dem Eingreifen gefürchtet. Und ich, ich hatte auch etwas geahnt, irgendwo unter dem wilden, unbändigen Verliebtsein, das seine ganz eigenen Sorgen mit sich bringt.
Getroffen hatte es schließlich den Einzigen, der nichts damit zu schaffen hatte, und das beschämte uns so sehr, dass wir über manches nicht sprechen konnten. Uns beschämte aber auch anderes. Das viele Schämen macht einem das Leben schwer, und führt häufig zu überflüssigen und vermeidbaren Übeln.

Es war nichts mehr wie vorher. Das Lüften zu vieler Geheimnisse beansprucht wohl jedes zwischenmenschliche Gefüge, da bildeten wir keine Ausnahme.
»Vielleicht unterhaltet ihr euch mal«, schlug ich vor, »irgendwann.«
»Vielleicht«, räumte er ein.
Er wollte Raffaele nicht mehr verstehen. Dabei wär es gar nicht so schwer, dachte ich. Wenn er nur wüsste, was ich schon alles wusste. Ich hoffte, dass es sich wieder einrenken würde, eines Tages.
»Und Jerry«, kam ich auf den Punkt.
Shaoe blies die Backen auf und ließ langsam die Luft entweichen.
»O Mann«, seufzte er.

Raffaeles Vater hatte sich einen ganz plumpen Vorwand ausgedacht: dass Shaoe ihn schickte. Um ihn mit dem Auto abzuholen. Jerry hat sich gewundert, aber mehr auch nicht. Man achtet ja oft nicht so drauf, wenn man sich sehr wundert. Man sagt sich: Ach was! Man hört das ständig von Opfern: dass ihnen was komisch vorgekommen ist, von Anfang an, aber. Man sollte seiner Intuition mehr trauen, das schließe ich daraus.
Ob Raffaeles Vater jedoch wusste, woher auch immer, dass Shaoe tatsächlich nicht da war und dass Jerry auf ihn wartete, oder ob er einfach sein Glück versucht hat, das kriegten wir nicht rekonstruiert.
Ich machte die Augen zu und versuchte mir vorzustellen, wie es gewesen sein muss für Jerry, dort in dem Haus.

Jerry weiß schon nicht mehr, wo oben und unten ist, von den ganzen Schlägen und Tritten, dem Frieren und weil er immer noch nicht glauben kann, was ihm geschieht.
Und soll ich dir mal was sagen, fragt die Stimme hinter ihm hämisch.
Ihm tun die Knie weh und die Hände und der Rücken. Er nimmt an, dass es egal ist, ob er antwortet oder nicht.
Ich sag dir mal was, kündigt Raffaeles Vater an, er kommt schon lange zu mir, dein Süßer. Und er kann sich nicht beklagen, das nun wirklich nicht. Ich hab ihn immer korrekt behandelt, sagt er überzeugt, sehr korrekt sogar.

Jerry kann nur die Hälfte verstehen. Er ist ganz überfordert.
Ich hätt ihn vielleicht härter rannehmen sollen, findet Raffaeles Vater, nicht immer alles durchgehn lassen. Aber man ist ja blöd genug.
Jerry spürt eine Hand auf seiner nackten Schulter und kann sich nicht rühren. Die Hand ist rau, und er wünscht sich, es wäre schon vorbei.
Ich bin eben zu gutmütig, verrät Raffaeles Vater, aber das hat sich jetzt erledigt. Ich lass mich doch nicht verarschen. Ich lass mich doch von euch nicht verarschen.
Seine Stimme ist immer lauter geworden.
Unter Jerry Rippen pocht es warm.
Er kann nachher nicht mehr sagen, wie lange es gedauert hat.

Mein Schal wurde langsam feucht vom Atem, und von den Füßen kroch die Kälte herauf.
Mit ging so allerhand im Kopf herum: was ich Raffaele alles noch fragen muss, zum Beispiel. Oder ob ich seine Mutter mal kennen lerne. Ich überlege mir, wie das wohl wird, wenn es ernst wird, wenn sie ihn haben, den Vater. Ich glaube, ich werde zurechtkommen.

ZWEIUNDZWANZIGSTENS.

Jerry hat sich nicht entschuldigt, für das, was er über Raffaele gesagt hat. Nicht für sein blödes Grinsen und nicht für all sein Herabsehen.
Es ist ihm wohl nie in den Sinn gekommen. Ich glaube, er wollte nicht absichtlich gemein sein. Er hat sich einfach so gegeben, wie er sich wahrnahm so mitten im Leben, ganz ungefiltert und ohne nachzufragen.
Für ihn war Raffaele eben einer, den er für weniger wert hielt als ich.

Er hat sich aber dennoch seine Gedanken gemacht, und in dieser Hinsicht haben die Umstände vielleicht etwas Gutes bewirkt.
Wenn ich Jerry jetzt gegenübersitze, in der Küche, und alles fast so ist wie vorher, glaube ich bisweilen etwas Neues in seinem Gesicht zu erkennen. Man kann es schwer beschreiben. Es ist, als habe sich etwas eingeschlichen, zwischen den dunklen Augen vielleicht, oder

darüber, auf der Stirn. Eine ganz kleine Furche, die sich in die Haut gedrückt hat, hervorgerufen durch den Schrecken und die Furcht und die Demütigung.
Es ist bestimmt nicht der beste Weg: doch aus Demütigung kann Demut entstehen. Jerry gehört nun zu den Davongekommenen, und das muss er erst mal verkraften.

Und ein bisschen was gelernt hab ich auch, nämlich: Wer nicht fragt, bleibt dumm. Also frage ich.
»Du«, beginne ich und schaue ihn mir ganz genau an, das Unrasierte, das man sonst nicht kennt an ihm, und den müden Blick, den er nicht spielt, und die Schramme am Schlüsselbein, »was hast du eigentlich gedacht – wegen Shaoe.«
Er nimmt sich Zeit und denkt lange nach. Ich höre die Uhr ticken, so wie man sie immer hört in besonderen Situationen, die sich hervorheben aus dem Einerlei wie ein Relief, überdeutlich. Es ist warm, beinahe stickig.
Wir tun alle ein bisschen, als sei Jerry ein krankes Kind, das wir verhätscheln wollen, allen voran natürlich Rosa, aber auch Shaoe und ich. Unauffällig wie die Heinzelmännchen stehlen wir uns in seine Welt: Wir drehen die Heizung höher, wenn wir wissen, dass er bald heimkommt, und wir trinken nie den letzten Kaffee weg. Wir streiten nicht mit ihm um das Fernsehprogramm. Wir
 wissen uns überhaupt sehr gut zu benehmen, weil wir ihn nicht aufregen wollen. Rosa ist so gut wie hier einge-

zogen. Von weitem wirkt das sicher alles sehr harmonisch.
In Wirklichkeit lebt jeder ziemlich für sich. Weil es uns schwer ist im Innern, und zwar jedem aus einem anderen Grund.
»Ja«, sagt Jerry ernst und räuspert sich, »was hab ich gedacht. Ich hab mich gewundert. Damit rechnet man ja nicht, dass der eigene Mitbewohner – damit rechnet man nicht.«
Er legt die Fingerspitzen gegeneinander, ganz behutsam, als gingen sie leicht kaputt, und betrachtet konzentriert den Schrank mit der verkümmerten Pflanze obendrauf.
»Aber mein Gott«, setzt er hinzu und dann ist er fertig.
Er kann sich eben nicht besser ausdrücken, denke ich.

Heute morgen hat Rosa mir von der Selbsthilfegruppe erzählt.
»Ich hab mich im Internet umgeguckt«, erzählte sie und knibbelte an den Ecken der Zettel, die sie ausgedruckt hat, »da findet man einiges. Aber ich weiß nicht«, zögerte sie.
Ich wusste schon, was jetzt kam.
»Was meinst du: hat das Sinn, dass ich ihm das mal vorschlage«, fragte sie.
Dazu hatte ich sofort eine Meinung.
»Nein«, sagte ich.
Sie strich sich die blonden Haare aus dem Gesicht und erwartete eine Erläuterung.

»Jetzt noch nicht«, führte ich wortkarg aus, »glaub ich.«
Sie schob bedächtig das oberste Blatt unter das letzte und nickte langsam.
»Ja«, sagte sie leise, »vielleicht ist es noch zu früh.«
Da wurde mir bewusst, dass Jerry und Rosa eigentlich sehr unterschiedlich sind. Und dass sie es trotzdem weit miteinander bringen werden, gemeinsam. Daran glaube ich ganz fest.

Es ist, als hätte uns das Geschehene mehr Raum verschafft. Es hat uns höflich gemacht und die Reibung reduziert. Wir stehen noch immer ein bisschen unter Schwerelosigkeit.

»Dein Freund«, sagt Jerry nach einem Schweigen, das keinem von uns peinlich ist, »weißt du schon, wann der wiederkommt?«
Ich schüttele den Kopf.
»Er ist noch in Zürich«, erkläre ich, weil man leicht verleitet wird, überflüssige Dinge zu sagen, wenn der andere ein so sehr anderes Naturell hat als man selbst.
Jerry atmet tief ein und tief wieder aus.
»Schwierige Situation«, resümiert er.
Ich nicke. In der Heizung gluckert das Wasser.
»Ich weiß gar nicht, was ich sagen soll«, wundert er sich noch immer, »aber das war schon – ich werd das nicht vergessen. Dass er – dass ihr alle da wart. Das kannst du mir glauben.«

Er hat jetzt mit Nachdruck gesprochen und mich dabei angesehen.
Man muss wohl erst etwas leisten, denke ich bitter, um sich Achtung zu verdienen.
Dabei will ich gar nicht nachtragend sein.
»Das kannst du mir glauben«, wiederholt er und legt die Hände flach auf den Tisch.

Ich warte, denn es ist nicht mehr viel übrig, das ich hier tun kann. Es ist ein anstrengendes Warten, ein wehes und wundes, weil sich alles auf einen Punkt richtet, auf die Zukunft, und weil alles so ungewiss ist.
Doch wenn man eines hoffen darf, dass man nämlich nicht allein ist, dass jemand existiert, an einem anderen Ort, in einem anderen Land sogar, ein echter, eigener Mensch, mit seiner eigenen Geschichte, einer, der ebenfalls wartet, vielleicht gerade jetzt, dann ist schon viel gewonnen. Das ist so viel mehr, als man für selbstverständlich halten kann.

Es gibt nur eine Sache, eine einzige, die nicht sein darf, weil ich nicht annehme, dass man sie mir erklären könnte, sodass ich sie verstehen würde. Und verstehen müsste ich sie ja, sonst ginge es nicht: dass es Raffaele war, der seinem Vater gesagt hat, wo wir wohnen.
Als unausgesprochene Anschuldigung schwebt diese Eventualität drohend im Raum, vage, schemenhaft, sper-

rig, sodass sie einem ständig im Weg ist, und anhänglich ist sie auch noch, wie ein Schatten, den man nicht los wird.
Vielleicht ist das aber auch bloß die Gewohnheit: meine alte Schwarzseherei.
Zuversichtlichkeit erlangt man eben nur im Schneckentempo und nicht mit Siebenmeilenstiefeln.

Soll ich übrigens mal verraten, wie Shaoe richtig heißt? Ich machs einfach: Rüdiger. Ich hab gemeint, ist doch lustig, wie der kleine Vampir. Fand er aber nicht. Na ja.